读客科幻文库

跟着读客读科幻，经典科幻全看遍。

INVERTED WORLD

颠倒的世界

[英] 克里斯托夫·普瑞斯特　著
张芸慎　译

文匯出版社

图书在版编目（CIP）数据

颠倒的世界 /（英）克里斯托夫 · 普瑞斯特著；张芸慎译 . -- 上海：文汇出版社，2021.9

ISBN 978-7-5496-3609-9

Ⅰ . ①颠… Ⅱ . ①克… ②张… Ⅲ . ①幻想小说 - 英国 - 现代 Ⅳ . ① I561.45

中国版本图书馆 CIP 数据核字（2021）第 131798 号

颠倒的世界

作　　者 /［英］克里斯托夫 · 普瑞斯特
译　　者 / 张芸慎

责任编辑 / 陈　屹
特邀编辑 / 张靖雯　　武姗姗
封面装帧 / 陈绮清

出版发行 / 文匯出版社
上海市威海路 755 号
（邮政编码 200041）
经　　销 / 全国新华书店
印刷装订 / 三河市龙大印装有限公司
版　　次 / 2021 年 9 月第 1 版
印　　次 / 2021 年 9 月第 1 次印刷
开　　本 / 890mm × 1270mm　1/32
字　　数 / 215 千字
印　　张 / 9.5

ISBN 978-7-5496-3609-9
定　　价 / 48.00 元

目　录

“吾眼之所见，

固然奇异，却非初现；

无尽之劳苦，

无尽无止，全为讹误。”

——塞缪尔·约翰逊[1]

1 塞缪尔·约翰逊（Samuel Johnson，1709—1784），英国诗人、散文家。——译注（若无特别注明，本书注释均为译注。）

序　幕

伊丽莎白·康恩关起诊所的门，锁上。她缓步沿村落街道走向教堂，民众正在教堂外的广场聚集。一整天下来，随着巨大的篝火堆起，村里满溢着期待，孩童兴奋地在街上奔跑，等着篝火燃起的时刻到来。

伊丽莎白先进了教堂，却没见到德桑托斯神父。

日落后没几分钟，男人们点燃柴堆底下的火种，耀眼火焰随即蹿起。孩童手舞足蹈，蹦蹦跳跳，因吐冒火星的柴堆而互相叫喊。

篝火边，男男女女或坐或卧，酒壶里深色且浓郁的当地果酒被传来传去。两个男子坐得离其他人远些，轻拨着吉他的弦。乐音轻柔，为聆赏而奏，不适合跳舞。

伊丽莎白坐在乐手旁，等到酒壶传到她手上，便喝个几口。

随后，乐声渐响，节奏越来越强，几个女子唱起歌来。那是首古老歌曲，伊丽莎白听不懂歌词所用的方言。几个男子起身跳舞，搭着彼此臂膀，醉醺醺地踏着舞步。

伊丽莎白接过朝她伸出的手，起身与几个女子共舞。她们笑着向伊丽莎白示范舞步，扬起的尘土在空中缓缓飘散，再被篝火上方的热气卷起。伊丽莎白又喝了些酒，与其他人一同跳舞。

停下喘口气时，她注意到德桑托斯出现了，他站在稍远处，观看庆典。伊丽莎白向他挥手，德桑托斯却没有反应。她暗忖，他究竟是不认同呢，还是过于拘谨、不好意思加入？德桑托斯是个害羞的年轻人，拙于言辞，与村民相处总是不大自在，好像不确定村民对自己的看法如何。他和伊丽莎白一样，都是初来乍到的外人；不过，比起德桑托斯，伊丽莎白认为自己能让村民更快放下戒心。其中一个女孩见伊丽莎白站在旁边，便拉起她的手，领她回去继续跳舞。

篝火越烧越小，乐声慢了下来。火焰的黄光逐渐微弱，只够照亮火堆的外围。民众又坐回地上，欢快而疲惫。

伊丽莎白婉拒传向自己的酒壶，站起身。她比自己预想的更醉，微微踉跄。她步出中心广场，朝村外乡间走去，行经村民，几个人出声向她打招呼。夜晚的空气静谧。

她缓缓走着，深呼吸，试图清醒过来。那边有条穿越村落周围浅丘的小径，伊丽莎白以前走过；她朝小径走去，地面不平，因而步履有些蹒跚。此处可能曾是蓊郁的牧场，但现在村里已经无人务农了。在阳光照耀下的白天，这里是美丽的林野，黄色、白色与褐色交叠；现在这里漆黑而凉爽，头顶星光闪烁。

半小时后，伊丽莎白感觉好些了，回头向村落走去。经过房舍后方的树丛时，她听见人声，便停下脚步倾听……只听得见音调，听不出说了什么。

两个男子正在交谈，还有更多人在场，伊丽莎白偶尔可听见其他人赞同或评论的声音。虽然这些都与她无关，但仍勾起她的好奇。谈话声听来急切，感觉像在争执。伊丽莎白犹豫数秒，继续往前走。

篝火已熄；广场只剩余焰微光。

她走向诊所。开门时，她听见声响，在对街房屋看到一个男子。

“路易斯？”她认出男子，唤道。

“晚安，康恩小姐[1]。”

他举手向伊丽莎白致意后进屋，背着一个大袋子或背包。

伊丽莎白皱眉。路易斯没有参加广场的庆典，而且她现在能肯定，她在树林里听见的是路易斯的声音。她在诊所门前多站了一会儿才进屋。关门时，她听见远方马蹄声逐渐远去，在静谧的夜里听来格外清晰。

1 原文为menina，是葡萄牙语对女士的敬称。

第一部

1

我那时岁数刚满六百五十英里[1]。我将被收作公会学徒，门后聚集了前来参与典礼的公会成员。那一刻令人既兴奋又忧虑，我截至当时的人生全浓缩于那短短数分钟。

父亲是公会成员，我总在远处注视他的人生。我认为那样的生活很有吸引力：由使命、仪式与职责驱使。父亲未曾向我说过他的生活或工作，但他身穿制服、举止神秘，且时常离城，暗示着他总在为要紧大事操心。

再过几分钟，我就能加入那样的生活。加入公会是种荣誉，也代表着接下公会成员的职责。踏出如此重要的一步，任何一个在育幼园封闭的墙内长大的男孩，都会倍感激动。

育幼园的建筑物很小，位于城市最南端，除非从总是上锁的门离开，园内能够运动的地方只有狭小的体育场和一小块空地，四面由高墙围绕。

和其他孩童一样，我出生后不久就被交由育幼园管理员照顾，

1 英制长度单位，1英里约等于1.609米。——编注

育幼园是我所知的一切。我对母亲没有记忆，我出生后她很快就离城了。

育幼园的生活枯燥，但并不难受。我有几个好友，其中一个男孩格尔曼·杰斯比我大了几英里，才刚成为公会学徒。我很期待再见到杰斯。他成年后我只见过他一次。他短暂造访育幼园时，已经有了公会成员那种心事重重的样子，我什么也没问出来。现在我也要成为学徒了，想来他能教我很多事呢。

管理员回到等候室时，我正站着等待。

“他们准备好了。”管理员说，“你记得该怎么做吗？”

“记得。”

“祝你好运。”

我发现自己在颤抖，掌心湿润。那天早上把我从育幼园领过来的管理员怜悯地对我微笑。他以为自己明白我的煎熬，但他只知其一，不知其二。

入会典礼之后，还有更多事情等着我。父亲告诉我，已为我安排好婚事。得知时，我的反应平静；因为我原本就知道公会成员须尽早成婚，而且对象我也认识，是维多利亚·勒鲁，我们都在育幼园长大。平常我们没什么交集——育幼园的女孩不多，她们都自成一群，形影不离——不过对彼此并不陌生。话虽如此，婚事的消息来得突然，没有时间让我做好心理准备。

管理员瞥向时钟。

“好，赫伍德，是时候了。”

我们简短握了手，他打开门，走进大厅；门还开着，我看见几个公会成员站在大厅里。天花板的灯亮着。

管理员进门即停下脚步，转身向台上禀报：

“领航员大人，请求接见。”

“报上名来。”一个遥远的声音应道。从我在等候室里的位置看不见发话者是谁。

“我是家事管理员布洛奇。谨遵管理长命令，我为赫伍德·曼恩[1]欲加入至上公会之事，召他上前。”

“准。布洛奇，带学徒进来。”

布洛奇转向我，如同他先前练习时教我的，我步入大厅。大厅中央摆了个小讲台，我走到那里站好。

我面向舞台。

台上灿烂的聚光灯打在一位长者身上，他坐在高背椅中，身穿黑斗篷，胸前绣着一个白圈。他的两侧各站三名男子，皆身着斗篷，各自佩戴不同颜色的饰带。台下还聚集着其他男子与数名女子，我父亲也是其中之一。

每个人都注视着我，我感觉越来越紧张，脑袋一片空白，布洛奇与我仔细演练的内容全忘光了。

进门后大厅里一片静默，我直勾勾地盯着舞台中间的男子。这是我第一次看到领航员，何况还与他共处一室。在我的经验中，育幼园的人提到领航员时总是恭恭敬敬，偶尔有些无礼的人语带贬抑之词，但无论何种，都隐含着对这个传说般人物的赞叹。此般人物竟亲临现场，更显出今天典礼的重要。我当下心想，若说给其他人听，会是多么精彩的故事……然后我又想起，从今以后，我的生活再也不同。

布洛奇走到我面前。

“您是否为赫伍德·曼恩？”

1　赫伍德·曼恩英文为Helward Mann，发音近似“往地狱而去的人”。

“是的，我是。”

“您几岁？”

“六百五十英里。”

“您是否了解这个年龄的重要性？”

“我将接下成人的职责。”

“您要如何承担成人的职责？”

“我欲加入所选的至上公会，成为学徒。”

“您是否已做出选择？”

“是的。”

布洛奇转向舞台，向台上致意，并向聚集于台下的民众复述我的回答，虽然在我看来，众人在我发言时就已经听见了。

“在场是否有人质疑学徒发言？”领航员向台上其他男子问道。

无人应答。

“很好。”领航员站起身，“走上前来，赫伍德·曼恩，让我看见你。”

布洛奇退向一侧。我离开讲台，向前走到地毯上嵌着白色塑胶小圆圈的位置，站在圆圈中央。我被静静观察了数秒。

领航员转向身侧的男子。

“提议人在场吗？”

“是的，大人。”

“很好。此为公会事务，我们必须屏退他人。”

领航员坐下，右侧离他最近的男子走至前方。

“在场是否有不属于至上公会的民众？若是，请离场。”

一旁，在我身后的布洛奇向舞台微微鞠躬，接着离开大厅。他不是唯一一人。大厅台下民众中，约一半的人纷纷从不同出口离场。留下的人皆转身面向我。

“在场还有生面孔吗？”台上的男子问道。台下沉默。“学徒赫伍德·曼恩，现在你身边只有至上公会成员为伴。此般场合在城内并不常见，应崇敬以待。这是你的荣誉。当你完成学徒实习，在场各位便是你的同侪，你将和他们一样，听命于公会。了解了吗？”

“是的，先生。”

“你已选择欲加入的公会，说出来，让在场众人听见。”

“我希望成为未来测绘师。”我说。

“很好，已获准。我是未来测绘师克劳塞维兹，是你所属公会的会长。你身旁是其他未来测绘师，以及其他至上公会成员代表。台上各位是其他至上公会的会长。中间这位，我们有幸恭迎的，是领航员欧森大人。”

就像布洛奇先前教的，我向领航员深深一鞠躬。他的嘱咐中，我只记得要鞠躬：布洛奇告诉我，他对这部分仪式几乎一无所知，只知道要在正式介绍领航员时向他表达敬意。

“代表这位学徒的提议人是否在场？”

“先生，我希望能代他提议。”我父亲说。

“未来测绘师曼恩已提议。在场是否有人附议？”

“先生，我附议。”

“造桥师勒鲁已附议。在场是否有人提出异议？”

一阵长长的沉默。克劳塞维兹又问是否有人异议，问了两次，都无人反对。

“那就这么决定了，”克劳塞维兹说道，“赫伍德·曼恩，我将把至上公会的誓言交给你。即使事已至此，你仍有权拒绝接受。

然而，你一旦宣誓，身为城市居民便须毕生遵守。违反誓言的惩罚则是就地处决。你完全了解了吗？”

我深感震惊。不管是我父亲、杰斯，甚至布洛奇，从来没有人警告过我。或许布洛奇真的不知道……但父亲总该告诉我的吧？

“如何？”

“先生，我必须现在决定吗？”

“是的。”

显然，我无法读过誓言再决定，看来誓言内容可能与公会的秘密息息相关。我好像别无选择。我走到这一步，就已经感受到体制施加于我的压力。大费周章至此——经历提案与获准——然后却拒绝宣誓，根本不可能，至少我当下感觉如此。

“我愿意宣誓，先生。”

克劳塞维兹从舞台走下，朝我走来，交给我一张白色卡片。

“清楚、大声地朗读出来，”他交代我，“你可以先默念一遍，但记得，若那么做，你就会立刻受到誓言的约束。”

我点点头表示理解，克劳塞维兹回到台上。领航员站起身。我先默念誓言，熟悉字句。

接着，我面向舞台，察觉到不只我父亲，众人的注意力都在我身上。

“我，赫伍德·曼恩，作为负责的成人与地球城居民，于此庄严起誓：

“身为未来测绘公会学徒，我将尽力完成任何交付我的任务；

“我将把地球城的安全视为优先；

“我将对所属公会与其他至上公会事务保密，不与他人讨论，除非对方亦为符合资格且起誓的学徒或至上公会成员；

“我在地球城外所见与经历的一切皆为关乎公会安全之事务；

“一旦获准成为合格的公会成员，我将了解‘德斯汀指令’的文件内容，有义务遵循其指示，并将其中的知识传授给未来世代的公会成员。

“本宣示内容将视同关乎公会安全之事务。

“我完全了解，若违反任何前述宣誓内容，将由其他公会成员就地处决。”

读完时，我抬头望向克劳塞维兹。光是读出这些字句，就已经令我激动不已，难以自制。

“城外所见……”这表示身为学徒，我能离城造访原先无权踏足之处，甚至是城内多数人都被禁止进入的区域。育幼园流传着各种关于城外的谣言，我对城外也有诸多想象。尽管我明知事实绝对不如传说离奇，但想到谣言竟有成真的可能性，就让我头晕目眩，震惊不已。公会成员三缄其口的神秘作风，似乎暗示城墙外潜藏着危险；城外是那么危险，以致泄露秘密的代价为死刑。

克劳塞维兹说：“走上台来，学徒曼恩。”

我向前，踏上通往舞台的四阶阶梯。克劳塞维兹与我握手致意，从我手中取回誓言卡。他先把我介绍给领航员，后者对我说了几句赞许的话，接着我又被介绍给其他公会会长。克劳塞维兹告诉我他们的名字与职称，有些职称我听都没听过。我快被新资讯淹没了；短短的时间内，我得知的比前半生在育幼园学到的更多。

原来，总共有六个至上公会。除了克劳塞维兹所属的未来测绘公会，还有负责牵引、铺设轨道和造桥的公会。他告诉我，这些公会的职责关乎整座城的管理与存续，另外还有两个负责支援的公会：民兵公会与易货商公会。这些我都是头一次听说，不过回想起来，父亲确实偶尔谈及这些人，以公会职称指代他们。例如，我曾听过造桥师，但在今日典礼前，完全没想到造桥之事竟笼罩着如此庄严与神秘的气氛。区区桥梁，怎么会关乎整座城的生死存亡？为何我们会需要民兵？

再说，未来指的是什么？

克劳塞维兹领我去见未来测绘公会成员，其中当然包括我父亲。在场只有三名未来测绘师，他们告诉我其他人不在城内。引介完后，我又和其他公会成员交谈，其他至上公会都至少派了一位代表参加。我慢慢发现，公会成员在城外的工作似乎耗费大量时间与资源，他们频频为同伴无法出席典礼致歉，解释说其他人离城工作去了。

与公会成员谈话时，我注意到一件不寻常的事。我之前就已经察觉，但没有认真思考过：我发现父亲和其他未来测绘公会成员似乎比其他公会成员看起来更老。克劳塞维兹身材魁梧，挺拔地撑起身上的斗篷，但稀疏的头发与脸上的皱纹透露了他的年纪。我估计他至少两千五百英里了。我的父亲也是，在与他同龄的人身旁，显得特别老。他看起来似乎和克劳塞维兹差不多岁数，可是这完全不合逻辑。因为，这表示我出生时父亲会是一千八百英里，而我确知城里风俗是成年后须尽快产下子嗣。

其他公会成员看起来较为年轻。有些显然只比我大了几英里，这为我带来不少鼓舞。因为既然成年了，我希望能尽早完成学徒实习。据我所知，学徒实习并无固定期限，若如布洛奇所说，城内地位取决于能力，我应该可以很快成为正式成员。

有个我想见的人却不在场，就是杰斯。

与一位牵引公会成员交谈时，我问起杰斯的事。

“格尔曼·杰斯？”他说，“我想他离城了。”

“难道他不能为了今天的典礼回来一趟吗？”我问道，“我们在育幼园时同舱房呢。”

“杰斯恐怕还要在城外待上好几英里呢。”

“他在哪儿？”

那位公会成员微笑不语，令我有些恼怒……我都已经宣誓了，还不能告诉我吗？

后来，我发现在场没有任何学徒。难道他们全都离城了吗？若是如此，那可能表示我很快也要离城。

与公会成员交谈几分钟后，克劳塞维兹向众人发言。

“我提议召回管理员，”他说，“在场有人反对吗？”

公会成员纷纷发出赞同的声音。

“那么，”克劳塞维兹接着说，“我必须再次提醒学徒遵守誓言，记住，今日只是开端。”

克劳塞维兹步下舞台，两三名公会成员打开了大厅的门。其他人渐渐回到典礼现场，气氛变得轻松起来。随着大厅里的人数渐多，我开始听见笑声还有搬动长桌的声响。管理员们对于被迫离场似乎并无不满，我猜这可能常常发生，他们已经习以为常。不过，我还是不禁琢磨：管理员能推敲出多少？如此光明正大的秘密，自然引人揣测。难道，宣誓典礼时要求外人离场就能安全无虞？保密严实到这个程度吗？据我所知，出入口并无人守卫，是什么阻止其他人在我起誓时偷听呢？

此时，我无暇多想，因为大厅里越来越热闹。人们热烈地交谈，刚布置好的长桌也摆上了大盘食物与各种饮料。父亲带我和一群又一群的人打招呼，很快，人名和头衔就多到我记不住。

“不先把我介绍给维多利亚的父母吗？”我问，眼看造桥师勒鲁与一位看起来像他妻子的女性管理员站在一旁。

“不，那个要再等等。”父亲带我继续前进，我又开始与另一群人握手。

我暗自思忖，不知道维多利亚在哪里。既然公会的事解决了，想必该是时候宣布我们的婚事了。这时，我越来越期待见到她。一方面出于好奇；另一方面，她是我原本就认识的人。在大厅里，我被更为年长、经历更丰富的人包围，而维多利亚与我同辈。我们都长于育幼园，认识同一群人，年龄相仿，现在身边满是公会成员，见到她会像是重温熟悉却不复存在的过往时光。我今天往成年踏出了极为重要的一步，再经历更多就要吃不消了。

时间流逝。我被布洛奇叫醒后没再吃任何东西，眼前食物的景象令我饥饿难耐。我的注意力渐渐从社交场合中飘走，信息排山倒海而来，快要使我招架不住。接下来半小时，我继续跟着父亲到处打招呼，意兴阑珊地与其他人寒暄。而当下我只想一个人静一静，理清头绪，消化所有新知识。

最后，父亲终于把我留给一群合成物管理司代表（他们说合成物管理司是负责生产城里所有合成食物与有机材料的单位），朝勒鲁站着的位置走去。我看见他们俩简短交谈，接着勒鲁点了点头。

过了一会儿，父亲回来，将我带到一旁。

“赫伍德，在这里等着，”他说，“我要宣布你们的婚事了，等维多利亚进了大厅，就过来找我。”

他匆匆地离开，对克劳塞维兹说话。领航员回到舞台上的座位。

“各位公会成员与管理员！”克劳塞维兹打断众人交谈，高声喊道，“我们还有很多好消息要宣布！新进学徒即将与造桥师勒鲁的女儿订婚。未来测绘师曼恩，说几句话吧！”

我父亲走至大厅前方，停在舞台前。他简短地介绍了我。仿佛早上发生的一切还不够，他的发言让我更难为情了。父亲与我的关系从没有像他所说的那么紧密，我好想叫他停止，或躲起来等他讲完，但大家都看着我。我心想，不知道公会成员有没有想过，这些公会仪式反而使我觉得格格不入。

幸好，父亲说完了。他仍站在舞台前，勒鲁从大厅另一侧发言，介绍他的女儿。其中一扇门打开，维多利亚由母亲领着进入大厅。

照我父亲吩咐的，我走到勒鲁身旁，他与我握了握手。勒鲁亲吻维多利亚，我父亲也给了她一个吻，并交给她一只戒指。他们又说了一段话，才终于正式引介我们俩。我们没有机会交谈。

庆典持续。

2

我被交付一把通往育幼园的钥匙，公会为我安排好营舍住处前，让我继续住在原本的舱房。他们再次提醒我必须遵守誓言。我直接就寝。

清早，我被前一天见过的公会成员叫醒。他是未来测绘师丹顿。他等我穿上新的学徒制服，领我离开育幼园。我们的路线与布洛奇前日带我走的不同，须爬上一系列阶梯。整座城寂静无声。行经时钟，我才发现时间真的很早，刚过凌晨三点半。门廊空无一人，多数天花板的灯都是灭的。

我们终于抵达一座螺旋梯，一扇沉重的铁门矗立在楼梯尽头。未来测绘师丹顿从口袋里拿出手电筒，打开。门上有两个锁，他解锁时，示意我先进门。

穿过铁门，我走进一片酷寒黑暗中，又冷又暗，重击我的身体。丹顿随后关上门，再次上锁。借助他手电筒的光，我发现我们站在一个小型平台上，栏杆约三英尺[1]高，围绕四周。我们走至栏杆

1 英制长度单位，1英尺约为0.3米。

边。丹顿关掉手电筒，周围又陷入漆黑。

“我们在哪儿？”我问道。

“别说话，静静地等……然后仔细看。”

我什么也看不见。门廊另一端相对较亮，我的双眼仍在适应，误以为周围有色块飞来飞去，过了一会儿才缓和。而且，黑暗并非我最关注的，冷冽空气不断拂过我的身体，冻得我直发抖。抓着栏杆，仿佛手里握着冰矛，我只能不断挪动双手，减缓不适。但我不可能放手，周围全然漆黑，栏杆是我唯一已知的事物，因此我只能紧握不放。我从未如此被隔绝于自己熟悉的事物之外，不曾受到陌生事物如此直接的冲击。我全身僵硬，准备迎接某种爆炸或撞击，却什么也没等到，只被寒冷与黑暗包围，耳里的风声将所有声响隔绝于外，剩下彻底的寂静。

几分钟后，我的双眼渐渐适应，慢慢能辨别周遭的模糊轮廓。我看见未来测绘师丹顿站在我身旁，被黑色斗篷包裹的高大身影，映衬着上方较浅的黑色。我们所站的平台底下，是个庞大、形状不规则的结构，以黑与暗交叠而成。

此外，周围漆黑一片，密不可穿，找不到任何可用以参照的形体或轮廓。我惊恐不已：并非感觉身体可能面临威胁，而是情绪受到极大冲击。以往我曾做过类似的梦，残影和震撼在醒来后仍挥之不去。可这次绝非梦境，酷寒根本超出想象，对空间与维度的全新感受更清晰得令人吃惊。我只知道，这是我第一次离城——这里只可能是城外，不然是什么呢！这和我预期的完全不同。

意识到这一切，寒冷与黑暗对我的影响开始消退。我在城外……这就是我所期待的！

丹顿无须再嘱咐我保持安静，我默然无语，就算试着说些什么，喉头也发不出声，或被强风吹散。我只能安静注视，目光所及只有云雾笼罩的夜色，如斗篷般覆盖住深沉、神秘的大地。

一股新的感受浮现：我可以闻到泥土的气味！它与我在城里闻过的任何气味都不同，我心里浮现出一幅假想画面，想象夜色之下，好几平方英里都是湿润的褐色沃土。我无从确知闻到的是何种气味，或许根本不是泥土味，我只是想起了在育幼园读过的书中，插图上那肥沃的土地。光是想象着，我就再次兴奋起来，想到城外未经探索的荒野，就能洗涤我的心灵。能看的、能做的事那么多……然而，此刻站在平台上，一切尚为想象力的产物，更弥足珍贵。我无须实际看见任何事物，光是突破限制、朝城外踏出这么一步，就足以拯救我原先贫乏的想象力。我脑海中，过往仅由他人的著作建构而成的世界，亦增添了几分色彩。

慢慢地，周围的黑暗渐淡，上方天空转为深灰。我可以看见远方，云与地平线的交界处，一小朵云的边缘出现细微红光。这一小朵云和其他云层被从亮处往暗处刮的强风吹动，缓缓飘过我们上方，仿佛由光线驱使。红光逐渐晕开，轻触云层，不一会儿云层飘开，露出深橘色的大片晴空。我目不转睛，这是我一生中看过的最美的景色。不知不觉间，橘色逐渐扩散、越来越浅；飘动的云层仍透着红色，但天地之际的光越来越亮。

橘色渐渐消逝。比我预想的更快，天边的光源越来越亮，橘色逐渐褪去。现在天空是非常淡的蓝色，几乎全白。天空中央冒出白光，宛如从地平线伸出一支矛，微微倾向一边，像教堂的尖顶。光越来越耀眼，数秒后已经灿烂得令人无法直视。

未来测绘师丹顿突然攫住我的手臂。

“你看！”他说，指向灿烂白光的左方。一列飞鸟，排成细致的V字形，缓缓振翅，由左而右划过我们的视线范围。不一会儿，鸟群飞至夺目光柱的正中央，有几秒钟几乎看不见鸟群的踪影。

“那是什么？”我说，我的嗓音粗哑而尖锐。

“只是大雁。”

鸟群又出现，在青空中缓缓前进。大约一分钟后，鸟群消失在远处的高地后方。

我再次望向升起的太阳。我不过看向飞鸟片刻，太阳的形貌就已完全改变。现在太阳大部分已在地平线之上，悬于空中，看起来是细长的圆碟形，上下各垂直射出一道尖塔状的灿烂光芒。我可以感受到阳光温暖地触碰我的脸。强风渐渐散去。

我和丹顿站在窄小的平台上，眺望大地。平台上能看见部分城体，还能看见云雾朝太阳反方向的地平线消散。现在，我们上方是一片无云晴空，丹顿脱下他的斗篷。

他向我点点头，向我示范如何从金属直梯爬下平台，通往下方土地。他先出发。当我爬下，并首度站在自然土地上，我听见筑巢于城市上方缝隙的鸟儿正开始清晨的啾鸣。

3

未来测绘师丹顿带我绕着城市周围走了一圈，接着往城外约五百码[1]处几栋临时建筑前进。在这里，他把我介绍给轨道技师穆恰斯金，便回城里去了。

轨道技师是个身材矮小、毛发茂密的男子，仍睡眼惺忪。我们这样闯入，他似乎并无不满，依然礼貌地招呼我。

“未来测绘师学徒，是吗？”

我点点头：“我刚从城里过来。”

“第一次离城吗？”

“是的。”

“吃过早餐没？”

“还没……那个未来测绘师叫我起床，我们差不多就直接过来了。”

“进来吧……我来弄咖啡。”

小屋内简陋又脏乱，与城内景象大相径庭。在城里，整洁相当

---

1 英制长度单位，1码约等于0.91米。

重要，但穆恰斯金的小屋四处散落着脏衣服、碗盘和吃剩的食物。一个角落堆满金属工具与仪器，另一面墙边则是舱床，被子皱成一团。整个小屋弥漫着食物残渣的气味。

穆恰斯金将锅盛满水，置于炉上。他不知从哪儿找出两个杯子，在水桶里冲了冲，甩干。他用量匙将合成咖啡放入壶中，水烧开后把壶加满。

小屋里只有一张椅子。穆恰斯金把桌上笨重的金属工具移开，再把桌子搬到舱床旁。他在舱床上坐下，示意我拉过椅子。我们静静对坐，啜饮咖啡。咖啡与城里的煮法完全一样，尝起来却有些不同。

“最近没多少学徒了呢。”

“为什么呢？”我问道。

“不清楚，只是没怎么遇到。你叫啥？”

“赫伍德 · 曼恩。我父亲是——”

“啊，我知道。好人一个。我们一起在育幼园长大的。”

我皱了皱眉。他和父亲看来不像同龄呀？穆恰斯金看见我的表情。

“别操心，”他说，“总有一天你会懂的，虽说你会吃尽苦头。这该死的公会体制总是要人用最辛苦的方式学习。未来测绘公会的生活怪得要命，我是做不来，但你会找到办法的。”

“你为什么不想当未来测绘师呢？”

“我没说不想……只是那不是我的命，我的父亲就是轨道技师。又是公会体制的关系啰。但你想当未来测绘师对吧，他们的安排很恰当。你做过体力活吗？”

“没有……”

他大笑出声：“学徒们个个都没做过！你会习惯的。”他站起身，“该上工了。时候还早，不过既然都把我叫起来了，闲着也是闲着。那些家伙都是些懒鬼。”

他离开小屋。我不顾烫到舌头，匆忙喝掉剩下的咖啡，跟着一起出去。他正朝另外两栋建筑走去，我追上去。

他从小屋里拿了一把金属扳手，用力敲那两栋建筑的门，粗鲁地叫喊，要里头的人起床。从门上的痕迹来看，他大概总是用金属工具敲门。

我们听见里头的动静。

穆恰斯金回到自己的小屋，整理工具。

“别跟那些家伙讲太多话，”他警告我，“他们不是城里的人。我让其中一个叫拉菲尔的负责。他会讲点英语，由他做翻译。你需要什么，跟他讲。最好直接找我。他们应该不太会惹麻烦，但若真有麻烦，就来叫我。懂吗？”

“什么样的麻烦？”

“不照你或我交代的做。他们拿钱办事，本就该听我们使唤。他们不照做，就是惹麻烦。这群家伙没什么问题，就是懒。所以我们才要尽早开工。晚点儿会很热，到时再赶工就叫不动他们了。”

此时天气已经很暖了。我跟着穆恰斯金的这段时间，太阳已高挂天空，我的双眼不习惯强光，已经开始泛泪。我试着望向太阳，但亮得无法直视。

“拿着！”穆恰斯金交给我一堆金属扳手，重得我脚步不稳，掉了两三把。我为自己的笨拙感到难为情，弯腰捡起，穆恰斯金只是静静看着。

“去哪里？”我问道。

“当然是城里啦。他们什么都没教你吗？”

我从小屋朝城里出发。穆恰斯金在小屋门口看着我。

“南侧！”他在我身后大喊。我停下脚步，无助地环视四周。穆恰斯金走向我。

“那里。”他指向一边，“城市南侧的轨道。知道了吗？”

“知道了。”我朝那个方向前进，这次只掉了一把扳手。

一两个小时后，我开始理解穆恰斯金对那些工人的评论。他们会以任何借口偷懒，只有穆恰斯金的怒吼或拉菲尔的指令才能让他们继续工作。

“他们是谁？”我们休息了十五分钟后，我问穆恰斯金。

“当地人。”

“我们不能雇更多人吗？”

“他们全都一个样。”

或多或少，我确实颇为同情他们。成天在大太阳下，毫无遮蔽，工作又艰苦。即使我决心认真工作，体能耗损也让我吃不消。这体力活比我所经历过的任何事都辛苦。

城市南侧的轨道约半英里长，终点处什么也没有。总共有四条轨道，每条轨道各有两条金属轨道，以枕木支撑，枕木被放在凹陷的水泥地基之上。穆恰斯金和他手下的工人已经将其中两条轨道拆短了，我们在拆目前最长的那条轨道，说是“右外侧”。

穆恰斯金解释给我听，若城市在我们正前方，四条轨道可以分为左侧与右侧，各有内外两条。

工作不太需要动脑，都是重复的程序，但非常耗体力。

首先，必须松开所有连接轨道与枕木的拉杆，才能将金属轨道拆下。拆除一边后，才能拆除另一条金属轨道。接着拆除枕木。每条枕木以两个扣夹与水泥地基相连，须分别松开，以手拆除。枕木拆除后，须堆到在下一段轨道待命的台车[1]上。水泥地基（我发现是预制部件，可重复使用）则须从土中掘出，同样堆在台车上。一切完成后，再把金属轨道放到台车侧边的专属架上。

穆恰斯金或我接着把电池驱动的台车驶至下一段轨道，重复拆除的工作。台车堆满时，整组人马都会上车，驶至城市边缘。台车会停在这里充电，城墙边有专属台车的电源。

我们花了整个早上将台车堆满，朝城市驶去。我的手臂像被从关节处扯下来似的，背部发疼，全身脏兮兮的，被汗水浸湿了。穆恰斯金（他做的活不比其他人少——甚至比任何雇来的工人更多）朝我微笑。

“我们先卸货，然后再从头开始。”他说。

我望向那些工人。他们看起来与我的感受差不多，虽然我怀疑他们完成的工作比我更少；毕竟我还是新手，不知道怎么省力。他们多数人都躺在城墙边一小片阴影处休息。

“知道了。”我说。

“不……开玩笑而已。你看那些家伙的样子，不填饱肚子还可能继续干活吗？”

“不太可能。”

“对啦……开饭吧。”

他对拉菲尔说了几句话，接着走回小屋。我跟着他回去，分食加热的合成食物；他这儿只有合成食物能吃。

下午的工作从卸货开始，枕木、地基和轨道堆至另一台有四个

1 台车，是铁道车辆上最重要的部件之一，它直接承载车体自重和载重，引导车辆沿铁路轨道运行，保证车辆顺利通过曲线。——编注

大型充气轮胎的电动车上。装卸完毕，我们又搭乘台车回到轨道旁，继续拆除。下午气温很高，工人动作迟缓。就连穆恰斯金也放松了些，台车又堆满器材后，他喊了暂停。

“希望今天能再装一车。”他说，从水瓶里大口灌水。

“我准备好了。”我说。

“或许吧。难道你想自己装载吗？”

“我愿意试试看。”我说，尽力掩饰我的疲累。

“照这样下去，你明天可就派不上用场了。不了，我们把这趟的东西卸下，回到轨道终点，今天的工作就结束。”

结果，工作并不算结束。我们乘着台车回到轨道终点，穆恰斯金令工人将最后一段轨道尽可能填满沙土，总共填了二十码长。

我问穆恰斯金这么做的理由。

他朝最近的“左内侧”长轨点点头，庞大的水泥撑墙坐落于轨道末端，稳稳插入地里。

“还是说你宁可堆那个？”他说。

“那是什么？”

“缓冲墙。假如所有的缆绳同时断掉……整座城就会沿着轨道向后冲。若真的发生，缓冲墙大概也挡不住，不过我们能做的也只有这个了。”

“以前发生过吗？”

“一次。”

穆恰斯金让我自己选，要回城里的舱房或留在他的小屋过夜，不过他的态度让我觉得别无选择。穆恰斯金明显对城里的人没多大好感，也告诉我他鲜少进城。

“太安逸了，”他说，“城里有大半的人都不晓得外面的工作有多少，我敢打赌，就算他们知道，也毫不在乎。”

“他们又何必了解呢？反正，只要运作顺利，就不干他们的事了。”

“我知道，我都知道。但要是多些城里的人出来帮忙，我就不用看这些当地人的嘴脸了。”

小屋附近的临时房舍里，工人们一片喧哗，甚至还有些人唱着歌。

“你完全不和他们往来吗？”

“我只管叫他们干活，其他的事归易货商管。如果他们太不合作，我只需解雇他们，易货商会负责帮我找新人来。找人从来都不难，这附近工作机会不多。”

“这里是哪里？”

“别问我啊……这得问你父亲和他们公会。我只管拆除旧轨道。”

我觉得穆恰斯金并没有他表现出来的那么排斥城里。我猜想，他在这里的生活和城里相对隔绝，才让他对城里人有意见，但我看不出他非得留宿小屋的理由。当地工人懒归懒，现在又喧闹不停，但他们都还算守规矩。没工作时，穆恰斯金也不需要监督他们，因此，假如他想，大可在城里过夜。

“这是你第一天出城，对吗？”他突然说。

“是的。”

“想去看日落吗？”

“没有特别想……为什么要看？”

“学徒通常都想看。”

“那好吧。”

几乎只为了讨他高兴，我走出小屋，望向城市东北方。穆恰斯金走到我身后。

太阳低悬于地平线，我已经感受到背后冷风呼啸。前晚见到的云层并未出现，天空仍是清澈的蓝。我注视着太阳，阳光被厚实的大气层折射开来，直视太阳不至于眼睛疼。太阳像一大片橘色浅盘，稍微朝我们的方向倾斜。太阳之上与其下，各有尖塔状的光线从圆盘中心射出。我们望着落日，太阳渐渐沉至地平线以下，最后连上方光芒的尖端也沉落消失。

“你若在城里过夜，就看不到这个了。”穆恰斯金说。

“确实很美。”我说。

“你今天早上看过日出了吗？”

“是的。”

穆恰斯金点点头。“他们都是这么做的。孩子一加入，就被没头没脑地丢进公会。什么都没解释，对吗？只是在黑暗中待到太阳升起。”

“为什么要这么做呢？”

“公会体制啰。他们相信，若要让学徒理解太阳和以前课堂教的不同，这是最快的方法。”

“不同吗？”我问道。

“你以前是怎么学的？”

“太阳是球体。”

“所以他们还是这样教嘛。好啦，你既然已经看到太阳长得不同，有什么想法吗？”

“没有。”

“想想看。走吧，吃饭啰。”

我们回到小屋，穆恰斯金指挥我加热食物，他则在舱床上架起另一个床架。他从橱柜里找出床单，丢到舱床上。

“你睡这儿，”他说，指向上层舱床，“你睡觉会翻来覆去吗？”

“应该不会吧。”

“好，我们先试一晚。如果你老是翻身，我们就互换。我睡觉时不喜欢被打扰。”

我自认不太可能打扰到他，因为我太累了，就算睡在悬崖边也不可能翻落。我们共享无味的食物，接着穆恰斯金聊起他在轨道上的工作。我心不在焉地听着，几分钟后爬上舱床，假装继续听他说话。我几乎马上就睡着了。

4

隔天早上，我被穆恰斯金的动静吵醒。他在小屋内走动，整理前晚的餐盘，哐啷作响。我完全清醒后，想赶紧从舱床上爬起，背部却一阵刺痛，全身动弹不得。我艰难地喘息。

穆恰斯金看向我，咧嘴微笑。

“能动弹吗？”他说。

我转向侧边，试图撑起腿。移动时全身又紧又痛，但我设法坐起身子。我静坐不动，希望刚刚的感受只是抽筋，疼痛会渐渐消散。

“你们城里来的孩子都一样。”穆恰斯金不带恶意地说，“从城里来，确实，我得说你挺认真，可才干了一天活，你就痛到动不了了。你们在城里不运动的吗？”

“只能去体育场。”

“好吧……下来吃早餐，然后你最好回城里一趟。洗个热水澡，看能不能找人给你推拿推拿，再回这里找我。”

我感激地点点头，手脚并用地爬下舱床。这些动作与先前一样艰难、一样痛苦。我发现自己的手臂和肩颈与其他身体部位一样僵硬紧绷。

三十分钟后，我离开小屋，而穆恰斯金正吼着要工人开工。我往城里的方向蹒跚跛行。

这是我第一次在城外时无人监督；身边有其他人时，观察到的事物总比独自一人时更少。城市与穆恰斯金的小屋相距五百码，这样的距离正好适合观测城市的整体规模与外观，前一天我只有时间瞥上两眼，只觉得城市看来庞大、灰暗，而且是附近唯一突出的地貌。

现在，朝着它缓慢瘸行，我才有余裕细细观察。

过去，我没什么机会探索城市内部的形貌，因此对城市外观不曾多想。我一直以为城市非常庞大，实际一看，却比我想象的小得多。从北侧最高点来看，城市大约两百英尺高，但除了北侧，其余结构多由不规则的长方块与正方块组成，高度不一。整体是单调的褐色与灰色，据我所见，多为各种不同种类的木材，水泥与金属材质用得极少，而且都没有上漆。城市外观与内部构造（至少我曾见识过的部分）大相径庭，城里总是装潢得整洁明亮。由于穆恰斯金的小屋位于城市的正西方，我这趟路无法推测整座城市的宽度；不过，我估计城市由南至北的长度约一千五百英尺。我对城市外观如此粗陋、老旧感到惊讶。城外似乎有诸多动静，尤其是北侧。

我已经接近城市了，才突然想起不知如何进城。昨天，未来测绘师丹顿带我沿着城市走了一圈，但我的脑袋被各种新的感官体验所淹没，完全记不住他向我指出的种种细节。城市那时看起来与现在截然不同。

我只记得我们穿过一扇门，在平台上看日出，因此决定从那里进城。这比我想象的困难许多。

我往城市南侧前进，跨过前一天工作的轨道，绕到东侧。我确信丹顿与我是从那儿沿着金属直梯爬下来的，找了半天，我才找到入口，开始攀爬。我走错好几次，蹒跚爬过数个人行通道，涨红着脸爬上数个直梯，终于找到那个平台。那个门仍锁着。

我别无选择，只好开口求助。我爬至地面，回到城市南侧，穆恰斯金与工人正要开工，继续拆除轨道。

尽管微微不快，穆恰斯金仍保持耐心，命拉菲尔指挥，并向我示范如何进城。他带我沿着两条内侧轨道中间前进，直直通往城市边缘的豁口。城市底下又暗又冷。

我们在一处金属楼梯旁停下。

“这上面有一台电梯，”他说，“你知道那是什么吗？”

“知道。”

“拿到公会钥匙了吗？”

我在口袋里四处翻找，取出克劳塞维兹给我的那片不规则形状的金属。这片金属能打开育幼园的门。“这个吗？”

“对，用这个打开电梯上的锁。到第四层，找任何一个管理员，问他你能不能借用浴室。”

我觉得自己相当愚蠢，照着他的指示前进。我能听见穆恰斯金朝着阳光往回走时的笑声。我毫无困难地找到了电梯，可转动钥匙之后，门仍无法打开。我等了等。过了一会儿，门猛然打开，走出两个公会成员。他们没注意到我，就往下走向地面。

门突然自动关上，我赶紧冲进去。我还来不及弄清楚如何控制电梯，梯厢就已经开始上升。我在门边的墙上看到附有钥匙孔的按钮，编号一至七。我把钥匙插进编号四的匙孔，希望自己没做错。电梯厢移动许久，骤然停下。门开，我步出梯厢。走出电梯时，又有三名公会成员进入电梯。

我瞥见电梯旁的墙上漆着标志：第七层。我搭过头了。门即将关上时，我又冲进梯厢。

“学徒，你要去哪儿？”其中一名公会成员问道。

“第四层。”

“好了，放轻松。”

他将自己的钥匙插进编号四的锁孔，这次电梯停在正确的楼层。我嗫嚅地向与我搭话的公会成员道谢，走出电梯。

前几分钟的忙乱中，我暂时忘记了身体的不适，现在所有酸痛与疲劳又一拥而上。城内这个区域热闹非凡：人群于门廊间穿梭交谈，一扇扇门开开阖阖。此景与城外大不相同；城外平静的乡野几乎感受不到时间的流逝，尽管人们工作也来来去去，但整体氛围更加悠闲。在城外，穆恰斯金和他手下工人做的是体力活，目标明确；在城内，在长久以来不准我进入的上层区域，我现在身处其中心，感觉周遭既神秘又复杂。

我记起穆恰斯金的指示，随便选了一扇门，开门进入。里头有两位女士，她们听了我的请求觉得有趣，亲切地帮我。

几分钟后，我把酸痛的身体浸入一缸热水中，闭上双眼。

花了这么长时间，大费周章就为洗这么个澡，我原本还怀疑是否值得。结果，在用毛巾擦干身体、重新着装时，我发现筋骨没那么僵硬了。虽然伸展时还是略感紧绷，但疲劳感已经一扫而空。

这么早回到城里来，我忍不住想到维多利亚。入会仪式时与她短暂的相逢，完全勾起了我的好奇心。此刻，马上回到城外继续从地面挖起枕木的想法与之相比显得黯淡失色。虽然我觉得不该离开穆恰斯金太久，但仍想试试看能否找到她。

我离开浴室，冲回电梯。电梯目前无人使用，我把梯厢召至我所在的楼层。梯厢抵达时，我终于能仔细研究如何控制，决定试验看看。

首先，我搭至第七层，稍微在门廊间晃了晃，乍看之下，看不出与刚离开的楼层有什么差异。其他楼层也差不多，差别仅在于第三、四、五层较为熙攘，第一层则是城市下方的黑暗隧道。

我搭电梯上上下下了几回，发现第一层与第二层之间的距离出乎意料得长，其他楼层间的距离都很短。我从第二层步出电梯，立刻有种直觉：育幼园在这一层。我心想，若我错了，就再四处找找吧。

第二层电梯厅对面有段向下的阶梯，通往一处横向的走廊，我隐约记得布洛奇带我去参加入会仪式时走过。不久，我就抵达育幼园门口。

进入育幼园后，我用公会钥匙将门锁上。一切是如此熟悉。关上门的瞬间，我立刻发觉了差异；在那之前，我移动时充满戒心、万分谨慎，现在却有种回家的安心感。我急着冲下阶梯，熟练地沿着短廊前进。这儿的景色与城里其他地方都不同，气味也不同。我看着墙上熟悉的刻痕（在我之前，世世代代的孩童在这儿刻下名字），看着发黄的墙漆、磨损的地毯，以及门上无锁的舱房。出于习惯，我朝自己的舱房走去，进入房间。一切都没有动过。床铺好了，舱房内部比我常住于此时整齐，但我为数不多的个人物品仍在这里。杰斯的东西也在，虽然没见着他的踪影。

我再次环顾四周，接着回到走廊。我造访舱房的目的很简单：那就是漫无目的地四处走走。我沿着走廊继续前进，经过几间教室，我以前曾在这里上课。阖上的门后传来细微声音。我从门上的圆形玻璃孔中窥视，里头正在上课。几天前，我也还在里头。其中一间房内，我看见与我同龄的同伴；他们当中有些人无疑会成为学徒，实习，加入其中一个至上公会，但多数人的命运是留在城里担任管理员。我顿时有点想走进教室，从容回答他们的提问，莫测高深地沉默。

育幼园没有将男女分开，窥进每间房间，我都在寻找维多利亚的踪迹，可看来她并不在那里。找遍所有教室之后，我往公共区域前进：餐厅（能听见准备午餐的声响）、体育场（空无一人），及狭小的空地——那里除了蓝天，什么也没有。接着到了交谊厅，育幼园中所有人都能消磨时间的唯一地方。我见到几个男孩，几天前我还和他们一起工作呢。他们正在闲聊，自习时间我们总是如此；但他们注意到我后，我立刻成为焦点。顿时，我有些排斥这样的情境。

他们想知道我加入了哪个公会、做了什么、看了什么，以及我成年后发生了何事、育幼园外面是什么样子。

奇怪的是，就算我能违反誓言，他们的许多问题我也答不出来。尽管我这几天做了许多事，但对于自己经历的一切仍相当陌生。

我发现自己只能神秘兮兮地闪避问题，就像杰斯之前那样。这显然令其他男孩相当失望，虽然他们依旧兴致高昂，却不再提问。

我尽快离开了育幼园，因为维多利亚明显不在这儿了。

搭着电梯往下，我回到城市底下的漆黑空间，沿着轨道走向阳光。穆恰斯金正吆喝着不情愿的工人把轨道与枕木从台车上卸下，几乎没注意到我回来了。

5

日子过得缓慢，我没有再回过城里。

我已从过于热切地投入轨道上的体力活中学到教训，决定听从穆恰斯金的指挥，以监督雇来的工人为主，我们俩偶尔才加入帮忙。尽管如此，工作还是艰苦又漫长，我感受到身体随着劳动改变。很快，我发现自己的体能从没这么好过，长时间待在阳光下，皮肤晒得发红，体力劳动也渐渐变得没那么难以负荷。

我埋怨的只有千篇一律的合成食物，还有穆恰斯金总说不出关于工作的好话，我仍不知道我们的工作对城市安全有什么贡献。我们每天工作至入夜，匆匆用餐就寝。

城市南侧轨道的工作已接近完成。我们须拆除所有轨道，并建起四座与城市等距的缓冲墙。我们拆除的轨道会被运送至城市北侧，在那里重新铺设。

一晚，穆恰斯金问我说："你出城多久了？"

"我不确定。"

"用天数算。"

"哦，七天。"

我原本试着以英里数估算。

“再过三天，你就该离开了。你可以在城里待两天，然后再回来工作一英里。”

我问他如何同时用天数和距离推算时间。

“城市每十天算一英里，”他答道，“一年大概是三十六英里半。”

“可是城市又不会移动。”

“现在没在移动，但快了。总之，我们也不计算城市实际移动的距离，而是算应该移动的距离，那是根据最适点的位置计算的。”

我摇摇头：“什么意思？”

“最适点是城市的理想位置，为了达成这个目标，城市每天需要移动约十分之一英里。这显然不可能，所以我们总是尽量把城市移得离最适点越近越好。”

“城市曾经抵达过最适点吗？”

“我记忆中没有过。”

“那最适点现在在哪里？”

“大约在我们前方三英里，这差不多是平均值。我父亲以前也在城外轨道上工作，他说我们曾经距离最适点十英里，那是我听过最远的纪录。”

“抵达最适点以后怎么办？”

穆恰斯金咧嘴微笑：“我们还得把旧轨道拆起来。”

“为什么？”

“因为最适点总是在移动。不过，既然我们不太可能到得了，就不重要了，距离几英里内都没问题的。这么说吧：要是我们能距离最适点更近一点点，就能够放长假啰。”

“可能吗？”

“我想是的。你看着，我们现在所处的地方地势相当高，为了到这里来，我们已经往上爬了很长一段路。那是我父亲还在城外工作的时候。要往上移动更难，花的时间长，我们就落后于最适点了。如果地势越来越低，我们就能一路滑下去。”

“这个状况发生的可能性有多大呢？”

“这就得问你们公会啰。没我担心的份儿。”

“那这附近的地势如何？”

“我明天带你去看。”

虽然我不太懂穆恰斯金说的，至少我搞懂一件事了：我现在知道时间是如何推算的。我成年时是六百五十英里，这不代表整座城在我活着的时间里移动了六百五十英里，而是最适点移动了这么长的距离。

无论最适点指的是什么。

隔日，穆恰斯金履行承诺，工人照例在城市深色的阴影处休息时，穆恰斯金带我走至城市东侧一处微微隆起的高地。从那里，我们可以看见城市周围的地貌。目前城市坐落于一处宽广谷地中间，南北各有一座较高的山脊横亘。向南侧望去，我们能清楚地看到轨道的痕迹，枕木与地基原本铺设的地方划出四道平行的痕迹。

城市北侧，轨道平顺地沿着上坡抵达山脊。附近看来没什么动静，但我可以看见其中一台电池台车缓缓驶上坡，载满金属轨道和枕木，以及工人。山脊最高处倒是相当热闹，但是距离太远，难以看出他们在做什么。

“这边地势好呀，”穆恰斯金说，紧接着又补充一句，“对轨道技师而言。”

“为什么？”

“因为地形平顺。不管是山是谷，我们都能从容以待。麻烦的是起起伏伏的地形：岩石啦，河川啦，甚至森林。这是另一个位于高地的好处，这附近的岩石都很古老了，都已经被侵蚀得很平滑。哦，可别让我说起河，我想起来就有气。”

“河哪里不好了？”

“刚说别提到河！”他开玩笑地拍拍我的肩膀，我们开始往回走，“有河就得过河，若附近没有桥，我们就得自己造一座桥。我们从来没遇过不用造桥的！但要造桥，就得等，城市移动就会延迟。每次延迟，都是轨道公会被骂。这就是人生啊。河很麻烦，大家对它都心情复杂。城市永远最缺水，要是遇上河就能暂时解决问题。但我们又得造桥，这让每个人都神经紧张。”

工人看到我们回来，不是很高兴，但拉菲尔催促他们，很快工作又继续。最后一段轨道也拆完了，我们只需再完成最后一堵缓冲墙。这堵缓冲墙的结构以金属为主，横跨于最后一段轨道之上，用了三个轨道枕木的水泥地基。四条轨道上各有一座缓冲，若城市往后退，这几座缓冲墙就能支撑整座城市。四座缓冲墙并未连成一线，因为城市南侧的墙面呈不规则状，但穆恰斯金向我保证这样的缓冲已经足够。

“当然，我不希望实际用上，”他说，“但假使城市往后退，应该挡得住，我想。”

缓冲墙完成后，我们的工作就大功告成。

“那现在要干吗？”我问道。

穆恰斯金抬头望向太阳：“我们得移动住宿的位置。我希望把小屋搬到山脊上，工人的宿舍也要搬。但现在已经晚了，我不确定我们天黑前做不做得完。”

“我们可以明天继续。”

“我是这样想的。没错，那群懒鬼可以多休息几个小时，他们一定很开心。”

他前去与拉菲尔交谈，拉菲尔问了其他工人的意见。他们的决定显而易见。拉菲尔对他们的话都还没说完，已经有些工人往屋舍走去。

“他们要去哪儿？”

“回到自己的村里去吧，我想，”穆恰斯金答道，“不远，就在那边。”他指向东南边、南侧山脊高地后方，“不过，他们会回来的，他们不喜欢这份工作，可是村里会有压力，毕竟我们会支付他们需要的东西。”

“例如什么？”

“文明的果实啰，”他说，边嘲讽地微笑，“更明确地说，是你总是抱怨个不停的合成食物。”

“他们竟喜欢那种东西？”

“没比你喜欢多少吧，但总胜过饿肚子。我们若没经过，他们大概都肚皮瘪瘪的。”

“我不觉得那浆糊值得用工作来换。又没味道，又吃不饱，而且——”

“你以前在城里一天吃几餐？”

“三餐。”

“几餐吃合成食物？”

“只有两餐。”我说。

“对啦，正是有那些可怜虫每天做得要死要活，你每天才有一餐真正的食物可吃。我听说，他们为我做的工还不是最惨的呢。”

“什么意思？”

“你以后就知道了。”

那天晚上，我们坐在他的小屋里，穆恰斯金又说了更多。我发现他知道的比他愿意讲的更多，但他总是把一切怪到公会体制上。长久以来，城市将行事规则传承给下一代的惯有方式并非讲授，而是让人自行摸索，累积经验法则。学徒若亲身体验过公会传统背后根据的事实，比起以理论的形式传授，他们会更尊重这些传统。这表示我必须自己探索，自己找到答案为何需要有人负责轨道工作，其他工作又有哪些，以及这些工作与城市存续之间的关系。

“以前当学徒的时候，”穆恰斯金说，“我造过桥也拆除过轨道。我和牵引公会一起工作，也和你父亲一样的公会成员共事。我得知了城市如何生存，因此了解了自己工作的价值。我这样把轨道拆了又铺、铺了又拆，不是因为享受这份工作，而是因为知道为何得这么做。我曾跟着易货公会，看他们如何交涉，让当地人为我们工作，所以才知道现在为我工作的人面临何种压力。你现在看来……想必一切都高深莫测。但你终究会了解，一切都关乎生存，而且更会明白我们的生存多么难以维系。”

“我不介意与你一起工作呀。”我说。

“我不是那个意思。你跟我一起干得不错。我的意思是，你现在疑惑的事情，例如誓言，都有其目的。老天有眼，都有道理在的！”

“所以工人早上会回来。”

“大概吧。他们可能会抱怨，一逮到机会就偷懒……这都正常。只是啊，有时我在想……”

我等他说完，他却没再往下说。那不太像穆恰斯金的个性，他并不是心事重重的类型。我们对坐着，他陷入长长的沉默，直到我为了上厕所起身走出小屋。接着，他打了个呵欠、伸了个懒腰，拿我疲弱的膀胱开玩笑。

隔日早晨，拉菲尔带着其他人回来，多数是旧面孔，有几个不见了，由替补人选顶上。穆恰斯金看起来不太意外，与他们打招呼，接着便开始指挥工人拆除三栋临时建筑。

首先，屋舍里所有物品须先清出，堆在一旁。接着拆解建筑物本身，过程比我想象的简单，显然设计时便着眼于拆卸与组装的方便。各面墙用数个螺栓固定在一起，地板是几片木板条，屋顶也是以螺栓固定，门窗等配件则与门框和窗框一体成型。每间小屋拆卸完毕只需一小时，中午时就已大功告成。早在那之前，穆恰斯金就已经独自离开，半小时后驾着一台电池驱动的卡车返回。我们稍作休息，用餐后尽可能将所有建材装至卡车上，接着，穆恰斯金便朝山脊驶去，拉菲尔和其他几名工人搭在卡车边上。

去往山脊的路程颇为颠簸。穆恰斯金先沿着对角线驶至离我们最近的北侧轨道，再沿着轨道朝山脊前进。山脊前方有一个浅坑，四条轨道穿越其中，许多人在这儿工作，忙着铺设轨道：有些在轨道两侧锄着地，可能是为了让轨道更能支撑整座城的重量；其他人则操作电钻，组装五座各附有一个大轮的金属框。目前只有一座组装完成，矗立于两条内侧轨道之间，从其细长的几何形状，无法看出其功能。

我们穿过浅坑时，穆恰斯金放慢了车速，饶富兴味地观察众人工作。他向其中一位监督工程的公会成员挥挥手，便加速驶过，翻越山脊。前方缓坡向下，延伸至一片宽广的平原。往东与西以及平原的另一端，都能看见更为陡峻的山峰。

翻越山脊后没多久，我就抵达了轨道终点，令我有些意外。左外侧的轨道已经铺设约一英里，其他三条轨道都不到一百码长。已经有两组人在铺设轨道，但显然进度缓慢。

穆恰斯金瞪视四周。我们这一侧的轨道（也就是西侧）附近，已经建了几栋小屋，应是先抵达队伍的屋舍。穆恰斯金朝屋舍的方向前进，但驶过建筑物后才停下。

“这里不错，”他说，“我们得在入夜前架好小屋。”

我问：“为什么不盖在其他人的屋舍旁边？”

“这是我的原则。使唤这些家伙已经够伤脑筋了，要是他们和其他工人混在一起，恐怕会喝得更多、做得更少。他们下工时混在一起，我们管不着，但也没必要让他们住得太近。”

“难道他们不能决定怎么做吗？”

“他们就是被雇来干活的，仅此而已。”

他手脚并用地下车，开始对着拉菲尔喊叫，要工人开始搭建小屋。

卡车上的建材很快被卸下，穆恰斯金要我指挥工人建屋，再把卡车驶过山脊，去接剩下的工人与建材。

夜幕升起时，屋舍已经差不多建好了。我当日的最后工作是把卡车开回城边，在城边电源处充电。我欣然出发，乐于享受独处时光。

我驶过山脊，架起的几座大轮已然完工，工人已经撤离，留下两名民兵站岗。他们将十字弓扛在肩上，两人都没注意到我。经过他们后，我继续朝城市方向驶离山脊。我意外地发现，原来夜间照明如此少，而且入夜之后，白天的忙碌活动都停止了。

到了穆恰斯金跟我说可以找到电源的地方，我发现其他车辆都已经接上电源，找不到能为卡车充电的位置。我猜，这辆是今天最后返还的卡车，我可能得去找其他电源。最后，我在城市南侧找到一处无人使用的电源。

这时天已全黑，安顿好卡车后，我得走很长一段路回去。我瞬间有点不想回去，想留在城里过夜，毕竟从这里回到育幼园的舱房只需几分钟，但我又想到穆恰斯金明早的反应。

于是，我不情愿地沿着城市边缘走，找到向北的轨道，开始沿着轨道朝山脊走去。独自一人，夜间在一望无际的大地行走，着实令人不安。此时已经很冷，阵阵强风从东方吹来，穿过我单薄的制服，令我瑟瑟发抖。我能看见前方山脊的深色色块，映衬着光线灰暗、满是云层的天空。浅坑那边，几座大轮充满棱角的轮廓立于天际，两名民兵来回踱步，孤零零地守望。我走向他们时，被他们呵斥。

“停在那边！”两人同时停下脚步，虽然黑暗中无法确定，但我直觉晓得两人的十字弓都已瞄准我。“报上名来。”

“学徒赫伍德·曼恩。”

“你在城外干什么？”

“我正和轨道技师穆恰斯金一起工作，刚刚我才开卡车经过你们。”

“噢，好的，上前一步。”我走向他们。

“我不认得你，”他们其中一人说，“你刚加入吗？”

“对……大概一英里以前。”

“哪个公会的？”

“未来测绘师。”

说话的民兵笑了：“由你去，总好过轮到我。”

“为什么？”

“我希望长命百岁。”

“他还年轻啊。”另一个民兵说。

“你们在说什么？”我问道。

“往上去过未来了没？”

“没有。”

“往下走到过去了没？”

“没有，我几天前才开始而已。”

我突然想到，虽然黑暗中看不清他们的脸孔，但从声音听起来这两人不比我年长多少，顶多七百英里吧。但要是如此，我应该曾经在育幼园遇到过他们，应该认识他们的呀？

“你叫什么名字？”我向其中一人问道。

“康威尔·史特纳，你得称呼我十字弓手史特纳。”

“你在育幼园待过吗？”

“对，但我不记得你。话说回来，你只是个小孩子呀。”

“我才刚离开育幼园，我没在那边碰见过你们。”

他们俩又笑了，我感到有点生气。“小鬼，我们已经往下走过了哦。”

“什么意思？”

“意思是，我们才是真男人。”

“你该上床睡觉啦，小鬼。晚上城外很危险的。”

“这附近有没有人？”我说。

“现在没有。城里的胆小鬼晚上睡觉时，都是我们在保护，他们才没被土鬼袭击。”

“那是什么？”

“土鬼吗？拉丁佬，专在黑暗中袭击年轻学徒的当地土匪而已。”

我开始绕过他们，早知道就回城里，而不是往回走。

不过，我的好奇心还是被勾起了。

“说真的……你说的是什么意思？”我问道。

“这边有很多不喜欢我们城市的土鬼，若没有我们站岗守卫，他们会破坏轨道。看到那些滑车了吗？要不是我们在这儿，那些滑车就已经被破坏了。”

“但是，这些不都是……土鬼他们帮我们盖起来的吗？”

“那些家伙是我们雇来的，还有很多不是。”

“赶快上床睡觉吧，小鬼。土鬼留给我们操心就好。”

“只有你们两个？”

“对啊，就我们两个，山脊后面还有十几个呢。你赶快回去睡觉吧，小鬼。小心不要被吓死。”

我背向他们离开。我简直气炸了，再多留一刻，恐怕我会忍不住攻击他们其中一人。他们那种自以为高人一等的样子，令我厌恶至极；但我也知道自己惹恼他们了。若真有人谋划袭击，两个手持十字弓的小伙子根本挡不住，他们自己心知肚明。但他们自尊过高，不容我这样推断。

我估计自己离开他们听力范围后，便开始拔腿狂奔，差点被枕木绊倒。我从轨道上走下来继续跑。穆恰斯金正在小屋里等我。我们共享晚餐，又是合成食物。

6

跟着穆恰斯金又工作了两天，我的休假到来。这两天里，穆恰斯金吆喝工人不懈地工作，比我之前见过的更卖力。工作进展不错，尽管铺设轨道比拆除困难，但亲眼见识自己的工作有其微薄回报——看着眼前轨道越来越长，比挖起旧轨道更有成就感。比拆除更困难的部分在于，须事先挖出坑道、放置水泥地基，才能铺上枕木与轨道。现在共有三组工人在城市北侧工作，各组负责的轨道又差不多长，各组人马之间的竞争又使工作进度加快了些。人竟这么容易受到竞争激励，令我有些吃惊。随着进度推展，各组人马挥汗工作时，不忘彼此嬉笑消遣。

“就两天，”我出发去城里之前，穆恰斯金对我说，“别太晚回来。快要启动绞机了，我们需要尽可能多找些人手。”

“回来向你报到吗？”

“这得看你们公会如何安排……不过，没错，接下来两英里还是跟着我。再来你会到另一个公会实习三英里。”

“哪个公会？”我问道。

“不知道，看你的公会如何决定。”

“好的。”

最后一天我们完工时已经很晚，我留在小屋过夜。其实还有另一个理由：我不想在天黑后走回城里，又要经过站岗的民兵。白天不太会见到民兵的踪迹，但我第一次遇到他们之后，穆恰斯金告诉我，每天夜里都有民兵站岗，尤其在绞机启动前夕，轨道附近的守卫更为严密。

次日早晨，我沿着轨道走回城里。

我既然获准留在城里，要找到维多利亚就没那么难。上次我不敢为了找她久留，想着得尽快回去向穆恰斯金报到。这次，我总共有两天休假，没了玩忽职守的罪恶感，可以正大光明地找。

但是，尽管如此，我还是无从找起……不得已，只能四处问人。几次碰壁之后，我被指引至第四层的一个房间。维多利亚在这里，在一名女性管理员的监督下与其他几名年轻人一起工作。维多利亚见到我站在门口，向管理员说了一些话，接着朝我走来。我们一起走出房间，踏入门廊。

“你好啊，赫伍德。”她边说，边关上房门。

“你好。听着……如果你在忙，我可以晚点再来找你。”

“没关系的。你放假了，是吗？”

“是的。”

“那我也放假啦，来吧。”

她带路从走廊转进一条侧边通道，接着下了几步台阶。阶梯底端是另一条走廊，两边满是房门。她打开其中一扇门，我们走了进去。

这间房比我在城里见过的任何私人房间都更为宽敞。最大件的家具是倚着其中一面墙的床，此外，还有其他精美且舒适的家具，房间却毫不拥挤。另一面墙边设了洗手盆和一个小炉子。房里有一张餐桌、两张餐椅、一个衣柜和两张扶手椅。更出人意表的是，竟还有一扇窗。

我马上走至窗边，向外眺望。窗外有一小块空地，对面是另一堵镶着许多小窗的墙。空地向左右两侧延伸，但窗户太小了，我看不见空地两端的终点。

“喜欢吗？”维多利亚问道。

“好大啊！这是你的房间吗？”

“算是吧，我们结婚后，这会是我们的房间。”

“哦，对，有人说过我会有自己的起居空间。”

“大概是这里没错。”维多利亚说。

“你现在住在哪里？”

“我还留在育幼园，但入会仪式那天后就没在那儿过夜了。”

“你到过城外了吗？”

“我……”

我不确定要说什么。城外？根据我的誓言，哪些可以告诉维多利亚，哪些必须保密？

“我知道你出城去了，”维多利亚说，“这不算是个秘密。”

“你还知道什么？”

“一点点吧，别说这个了，我几乎没和你聊过呢！我来泡茶，好吗？”

“合成的吗？”说出口后我立刻后悔了，我不希望显得不知感激。

“可惜是的，我以后很快会加入合成食物部门，到时或许能想办法让合成食物味道好些。”

慢慢地，气氛越来越轻松。前一两个小时，我们俩拘谨、几乎严肃地交谈，礼貌地表达对彼此的好奇；不久后，互动渐渐变得自然，我发现维多利亚和我并非毫无交集。

聊天主题转向我们在育幼园的生活，这顿时让我想起另一个顾虑。在我真正来到城外以前，我对自己将会看见什么并无明确的概念。育幼园传授的知识对我（和多数其他人）而言，既枯燥、抽象，又与我们的生活毫无关系。育幼园里只有几本印刷书籍，多数都是虚构作品，描述“行星地球”上的生活，所以教师们授课时大多得用自己写的教材。我们对“地球”上的日常生活了解甚多（或者“以为”自己了解），但教师们又说我们现在所处的世界与地球不同。由于孩童与生俱来的好奇心，我们自然想知道有哪些不同，可是教师们却三缄其口。我们的世界观便存在着令人丧气的巨大鸿沟：我们读到的、仅存在于纸上的世界，以及我们根据臆测想象出的、关于城里的一切。

这样的情形令人心生不满，体能过剩便是一例。育幼园里，哪里能消耗体能呢？只有门廊和体育场有足够空间，但在这些空间里，孩童又被种种规定束缚。最后就以躁动、骚乱的方式发泄：年纪较小的孩童可能情绪崩溃、不守规矩；年纪较大的孩童可能打架，或将热情投注于体育场允许的少数几种运动中。距离成年只剩几英里的，则过早地探索性欲。

表面上，育幼园管理员看似有意制止，但或许他们也了解这些行为的起因。总之，从小在育幼园长大，我和其他人一样都经历过这些。大概成年前二十英里开始，我就和几个女孩（维多利亚不在其中）纵情于性行为。当时看来没什么大不了的，可现在我要和维多利亚结婚了，以前的事突然变得非同小可。

奇怪的是，我们聊得越久，我越想就此摆脱过去的鬼魂。我犹豫着，不知该不该细数自己过往的经验，向维多利亚解释清楚。但是维多利亚主导了对话的走向，我们接纳彼此似乎变得理所当然。或许她也有属于自己的鬼魂呢。她对我说起在城里的生活，而我自然非常好奇。

她说，女性通常无法获得主管职位，她目前的职务也是因为与我订婚才得到的。假使她订婚的对象不是公会成员，一般会希望她生越多小孩越好，工作仅限于厨房杂务、裁缝，或其他乏味的苦差事。相反，她现在可以对自己的未来有些许掌控，或许还能升职成为资深管理员。目前，她正参与一项训练计划，结构与我的学徒实习相当类似。唯一的差别在于，她的课程没有学徒实习那么重视实务经验，而是传授了许多理论知识。因此，她对城市与其内部运作的了解，已经比我多上许多。

我不敢畅谈自己在城外的工作，便专注地听她说话。

别人告诉她，她说，城里最缺乏的有两样：一是水资源，这点穆恰斯金曾告诉过我；二是人口。

“但城里的人可不少啊。”我说。

“没错，但是出生率总是很低，而且越来越低。更严重的是，新生儿多数都是男性。没有人确知原因。”

“大概是因为合成食物吧。”我嘲讽地说。

“可能是。”她没有听出我的言外之意，“我离开育幼园以前，对城里其他区域的概念非常模糊……但我总以为城里所有人都是出生于此。”

“难道不是吗？”

“不是，有许多外地女性被带进城来增加人口。或者，更具体地说，他们是希望增加女性新生儿。”

我说："我母亲就是从城外来的。"

"是吗？"从我们认识以来，维多利亚第一次显得不安，"我之前不知道。"

"应该很明显吧。"

"可能是吧，但我没想到……"

"不重要。"我说。

维多利亚突然沉默。我确实从没把这件事放在心上，现在有些后悔提起。

"再多跟我说些。"我说。

"不……没什么其他的了。你呢？你的公会如何？"

"还行吧。"我说。

除了受到誓言的限制，我也不大想开口。维多利亚突然安静下来，让我觉得她原本还有其他想说的，只是出于顾虑而没说出口。我的一生（至少从我有记忆以来），母亲缺席一直是事实，仅此而已。无论何时谈到，我父亲的态度总是相当自然，只当作既成事实，不带任何污名。育幼园许多男孩与我境遇相同；甚至，多数女孩都是如此。在维多利亚有这样的反应之前，我根本没特别多想。

"你的情况倒比较特殊，"我说，希望能从不同角度切入原先话题，"你的母亲还在城里。"

"是的。"她说。

就这么一句。于是我决定就此打住。再怎么说，我对我俩以外的事并没有太大兴趣。我回到城里的目的是多了解维多利亚一些，而不是讨论家谱。

但那个异样感受仍挥之不去，对话戛然而止。

"外面是什么？"我指向窗外问道，"我们能去看看吗？"

“你想的话，我可以带你去。”

我跟着她走出房间，沿着走廊抵达一扇通往室外的门。但外头没什么看头：所谓空地，不过是一条穿过住宅区的巷道。底端由木阶梯连接至一个平台。我们先走到巷道的另一端，发现另一扇回到城市的门，回头攀上阶梯，抵达一个小小的平台，上头有几个木制座位，还有空间能够伸伸腿。平台两侧为高墙，想必是城市其他区域的室内空间，我们爬上去的那一边，能俯瞰住宅区的屋顶与整条巷道。最后一侧的视野则不受任何阻碍，能够望向城市周围的乡间。这令我明白一件事：誓言意指，除非是公会成员，不然永远看不到城外的景象。

“你觉得如何？”维多利亚问道，在其中一个座位坐下。

座位的方向刚好可以眺望城外景色。

我在她身旁坐下：“我喜欢这里。”

“你到过外头了吗？”

“是的。”这是个难题，我发现自己已经违反誓言内容了。我该怎么与维多利亚谈论我的工作，同时坚守我的誓言？

“我们没办法常常上这边来。夜里门是锁着的，白天也只有特定时间开放。有时候会连续上锁好几天。”

“你知道原因吗？”

“那你知道吗？”她问道。

“可能……和城外的工作有关。”

“但你不打算谈。”

“不。”我答道。

“为什么不？”

“我不能说。”

她上下打量我："你晒得很黑。你们在大太阳底下工作吗？"

"有时候。"

"这地方正午时是锁起来的，我只有在阳光斜射建筑物上方时看过太阳。"

"没什么好看的，"我说，"太阳很亮，无法直视。"

"我宁可自己体会看看。"

我问道："你现在都做些什么，工作的时候？"

"营养学。"

"那是什么？"

"决定什么样的饮食才够均衡。我们必须确保合成食物含有足够的蛋白质，确保人们的维生素摄取量适当。"她顿了顿，语气听起来对这个话题兴趣索然，"你知道吗，阳光含有维生素。"

"是吗？"

"维生素D。阳光照到皮肤上，人体才能制造维生素D。假使我们从来都晒不到太阳，就得知道这件事。"

"但可以用合成的吧？"我说。

"是啊……是合成的没错。我们回房间再喝些茶好吗？"

我不置可否。我对于和维多利亚见面，并没有特别期待什么，但事情的走向令我意外。跟着穆恰斯金工作那几天，我确实曾经幻想各种浪漫情境，有时冷静下来，也认识到我们可能需要磨合；但我压根儿没想到实际状况竟是如此，隐约透露着不满与憎恶。我原先以为，我们俩能设法将父母安排的婚事化为现实，甚至可能互敬互爱。我从没想过维多利亚看待我们俩的观点，竟远大过于我们自身：我享有的生活方式，正是她永远不得拥有的。

我们留在平台上。我还算敏锐，察觉到维多利亚提议回到房间是在反讽。总之，我感觉我们俩想留在平台上的原因不同。我自己呢，是因为在户外工作习惯了新鲜空气，现在觉得城里的室内空间压迫感太重。至于维多利亚，我想，应该是因为这是她能到达的与城外距离最短的地方了。尽管如此，城市东侧起起伏伏的地面景象，恐怕只能作为提醒，反映出我们发现彼此之间存有多大的差异。

“你可以申请调至公会，”一会儿后我说，“我确定——”

“我的性别不符合规矩，”她打断我，“只有男性可以参加，难道你没发现吗？”

“没有……”

“我没多久就发现了，”她继续说，语气急促，几乎难以压抑自己的愤恨，“我一辈子都看在眼里，却从来没认清：我父亲总是在城外工作，母亲的工作总是整理那些我们视为理所当然的事物：食物、暖气和下水道垃圾。总之，我现在终于发现了。女性太珍贵，不能冒险放她们出城。她们必须待在城里，得繁衍后代，而且还得一生再生。如果不够幸运，不是生于城内，一样会被带进城来，完成任务之后又丢出去。”又是这个敏感话题，但这次她没有闪避，“我知道城外的工作非得完成，而且很危险……但我根本没得选。就因为我是女人就别无选择，不得不困在这个鬼地方，学习食物生产这么‘有趣’的事，然后还要尽己所能生小孩。”

我问道：“你不想嫁给我吗？”

“我根本没别的选择。”

“谢了。”

她站起身，气呼呼地走向阶梯。我跟着她下楼，一路跟在她身后回到房间。我站在门口等，看她背对我站着，望向窗外窄巷。

“你要我离开吗？”我问道。

“不…… 进来吧，记得关门。”我照做，她仍动也不动。

“我再泡些茶。”她说。

“好的。”

锅里的水还热着，一分钟左右就又滚了。

“我们并不是非结婚不可。”我说。

“就算不是嫁给你，也得嫁给别人。”她转身在我身旁坐下，拿起她那杯合成茶，“你要知道，我对你没有意见，赫伍德。不管我们喜不喜欢，你我的命运是由公会体制决定的。我们什么办法也没有。”

“为什么不？体制也能被改变的呀。”

“这个体制可不行！太根深蒂固了。公会把城市压制得死死的，原因我大概一辈子都无从得知。只有公会能够改变体制，但是他们绝对不会改。”

“你听起来很肯定。”

“我确定，”她说，“主导我的人生的体制，很可能是由城外的事务决定的。因为我无法参与，所以我永远无法决定自己的命运。”

“但你还是可以参与呀…… 通过我。”

“即使你不愿意谈？”

“我不能。”我说。

“为什么不？”

“我甚至不能跟你说原因。”

“公会保密。”

“若要这么说也行。”我说。

“即使你坐在这里，也还得保密？”

"我必须如此，"我直接地说，"他们要我发誓——"

然后我就想起：连起誓本身都是誓言保密的一部分。我已经违反誓言了。如此轻易，如此自然，想都不想就说出口。

更让我意外的是，维多利亚毫无反应。

"噢，所以公会体制需要正式生效，"她说，"说来合理。"

我把茶喝完："我想我还是离开好了。"

"你在生我的气吗？"她问道。

"不是，只是——"

"别走。很抱歉对你发了脾气……那不是你的错。你刚刚说，可以通过你决定我的人生，你指的是什么意思？"

"我不确定。大概是……作为公会成员的妻子，因为我有朝一日会成为公会成员，你可能更有机会……"

"有机会做什么？"

"呃……通过我去了解公会体制背后的道理。"

"但你已经发誓不能告诉我。"

"呃……对。"

"所以至上公会都已经设想周到了嘛，体制要求成员保密。"

她向后靠，闭上双眼。

我感到非常困惑，更对自己感到生气。才当了十天学徒，我基本上已可能随时被处死刑。这实在过于荒谬，难以认真看待，但根据我宣誓当天的记忆，死刑的威胁相当具有说服力。我之所以困惑，是因为维多利亚不经意中提议的，也就是我俩对彼此做出情感承诺，与我的誓言相冲突，但我却无计可施。育幼园的亲身经验让我深知，被禁止进入城市其他区域会令人萌生幽微的挫折情绪；就更高层次而言，被赋予城市运作中的一小部分职责，却无权参与更多，那种挫折感必将挥之不去。这问题在城里应该不是新闻吧？维多利亚和我又不是第一对被安排成婚的夫妇，想必前人应该也面临过此般歧见。难道他们就只照单全收吗？

我离开房间返回育幼园时，维多利亚仍动也不动。

离开她身边，不需要因两人对话一来一往而无所遁逃、非得做出反应，她的忧虑对我的影响暂时消退，我逐渐担心起自己的情况。假使誓言内容为真，若其他公会成员得知，我可能面临死刑。违反誓言的后果真的那么严重吗？

维多利亚会把我说的话告诉别人吗？想到这儿，我第一个冲动是回去找她，拜托她保密……但这么做只会进一步违反誓言，更会加深她的憎恶之情。

接下来的时间，我什么也没做，整天躺在舱床上发愁。之后我在城里一间餐厅用餐，暗自庆幸没有碰到维多利亚。

半夜，维多利亚进到我的舱房。我先注意到关门声，张开眼，看见她高挑的身影站在床边。

“怎么？”

“嘘，是我。”

“你要干什么？”我伸手要开灯，她抓住我的手腕。

“别开灯。”

她在我的床沿坐下，我坐起身。

“对不起，赫伍德。我是来向你道歉的。”

“好的。”

她笑出声：“你还没醒，对吗？”

“我不确定，可能吧。”

她倾身向前，我感觉她的双手轻触我的前胸，接着游移至我的颈后。她吻了我。

“别说话，”她说，“我很抱歉。”

我们再次亲吻，她移动双手，环抱着我。

“你竟穿着睡袍睡觉。”

“不然呢？”

“脱掉。”

她突然站起身，我听见她解开身上的大衣。她又坐下，和我距离更近，全身赤裸。我挣扎着脱掉卡在头上的睡衣，维多利亚掀开被单，挤到我身旁。

“你穿成那样过来的吗？”我问道。

“又没人。”她的脸贴着我，我们再次相吻，我抬头时撞到舱房的墙。维多利亚依偎着我，把她的身体贴近我的……她突然大笑出声。

“天哪！别笑了！”

“怎么了？”她问道。

“别人会听到的。”

“别人都在睡觉。”

“如果你继续笑，他们就会醒了。”

“就叫你别说话嘛。”她又吻了我。

尽管我的身体反应热烈，我的心里非常紧张。我们发出太多声响了，育幼园的墙板可薄得很，经验告诉我，这里什么动静都能听得清清楚楚。她的笑声和我们俩说话的声音，加上我们挤在同张舱床上，又抵着墙，我确信整座育幼园都已经被吵醒了。我把维多利亚推开，这样告诉她。

“那不重要。”她说。

“很重要。”

我掀开被子，手忙脚乱地越过她，把灯打开。维多利亚遮眼避开亮光，我把她的大衣丢给她。

“走吧……我们去你房间。”

“不要。”

“好啦。”我穿上制服。

“不要穿那个，”她说，“很臭。”

“是吗？”

“臭死了。”

她坐起身，我盯着她精巧的裸体看得入迷。她披上大衣起床。

“好吧，”她说，“但我们得快点。”

我们离开我的舱房，溜出育幼园，匆匆穿过门廊。就像维多利亚说的，这么晚了四下无人，走廊也灯光昏暗。几分钟后，我们抵达她的房间。我关上门，锁上门栓。维多利亚坐在床上，身披大衣。

我脱下制服，爬到床上。

“来吧，维多利亚。”

“我现在没感觉了。”

“哦，老天……为什么？”

“我们应该留在那儿的。”她说。

“你想回去吗？”

“当然不要。”

“进来陪我，”我说，“别坐在那儿。”

“好吧。”

她解开大衣，任其落地，爬到我身旁。我们环抱彼此，亲吻了一阵，但我明白她的意思。欲望消散的速度之快，一如它猛然袭来。好一会儿，我们就只是静静地待在一起。和她同床的感觉非常美好，尽管亲密，我们没有更进一步。

最后，我问道："你为什么来找我？"

"我说过了。"

"只是因为……你很抱歉？"

"我想是的。"

"我差点就来找你了，"我说，"我做了不该做的事，觉得害怕。"

"什么事？"

"我跟你说过……我说他们要我发誓。你说得没有错，公会要求成员保密。成为学徒时，我必须发誓保密，连誓言本身都不能让别人知道。我告诉你了，也就违反了誓言。"

"违反誓言会怎么样？"

"会被判死刑。"

"他们又怎么会发现呢？"

"如果……"

维多利亚说："你的意思是，如果我说出去的话吧？我为何要这么做呢？"

"我不确定。你今天所说的，对无法主宰自己的人生感到气愤……我怕你会用那点来对付我。"

"在你讲起之前，那对我根本毫无意义，我不会拿来用的。更何况，我为何要背叛自己的丈夫呢？"

"你还想嫁给我吗？"

“是的。”

“就算是父母安排的？”

“他们安排了桩好婚事，”她说，紧紧抱着我，“你不这样觉得吗？”

“我也觉得。”

几分钟后，维多利亚问道：“你可以告诉我城外的事吗？”

“我不能说。”

“因为发过誓保密？”

“对。”

“可是你已经违反誓言了，现在还有差别吗？”

“反正也没有什么好讲的，”我说，“我花了十天做体力活，也不确定原因为何。”

“哪种体力活？”

“维多利亚……别再问我这个了。”

“那告诉我太阳的事。为什么不准城里的人看见太阳？”

“我不知道。”

“太阳有什么不对劲的吗？”

“应该没有吧……”

维多利亚问我的，都是我自己该提问却迟迟没问的。我全然沉浸在新体验中，甚至还没清楚地觉察发生了何事，遑论质疑。突然被问起（姑且不论我是否该回答），我发现自己也想得到解答。太阳是否真的有什么不对劲、可能危及整座城？若是，应向众人保密吗？可我确实见过太阳，而且……

“太阳没有什么不对劲，”我说，“但看起来的形状和我预想的不同。”

“太阳是球体。”

“不是，至少看起来不像。”

“哦？”

“我想这应该是不能说的。”

“你可不能就此打住。”她说。

“我想大概也不重要吧。”

“对我来说重要。”

“好吧。”我已经说太多了，但还能怎么办呢？“白天看不清楚，因为太阳太亮了。但日出或日落时有几分钟可以直视太阳，它应该是圆碟状的，但又不完全如此……我不确定该怎么描述。在圆碟的中心，往上和往下各有一支长柄。”

“那也是太阳的一部分吗？”

“对，有点像陀螺的轴柄。但还是太亮了，没办法看得很清楚。有天晚上我在室外，天空晴朗。那时我看到了月亮，也是同样形状。但我也看不清楚，因为不是满月。”

“你确定吗？”

“我看到的就是这样。”

“可是这和我们学的不一样。”

“我知道，”我说，“眼见为实。”

我没有再说下去。维多利亚问了更多问题，但我搪塞过去，推托说我也不知道答案。她试着要我说更多关于工作的事，我设法保持沉默，反过来问她问题，对话终于渐渐离开危险地带。我不可能永远闪躲，但还需要更多时间思考。过一会儿我们开始做爱，没多久就睡着了。

早上维多利亚做了早餐，把我的制服拿去洗，我便独自裸身坐在床上等。她不在时，我梳洗剃须，接着在床上等她回来。

我再次穿上制服：制服光滑清新，与先前因体力劳动而干硬发臭、挂在我身上宛如第二层皮相比，简直天壤之别。

那天剩下的时间我们都待在一起，维多利亚带我穿梭于城市各个区域。城里远比我想象的更为复杂，我之前见过的多是住宅和行政管理区，可城里还有更多不同区域。一开始，我还怀疑自己可能永远找不到路，直到维多利亚指给我看，原来许多地区都把平面图贴在了墙上。

我注意到平面图更改过许多次，还注意到另一件事。那时我们在较低的楼层，最新修订的平面图旁还有一张更为古老的平面图，由透明塑胶板保护着，我认真地读，发现上头的标示是以多种语言写成的。其中，除了英语，我只认得法语。

“其他语言是什么？”我问维多利亚。

“这是德语，其他的是俄语和意大利语。还有这个——”她指向一种繁复的表意文字，“——是汉语。”

我更仔细地检视平面图，与一旁的最新版做比较。虽然能看出相似之处，更可看出两张平面图间隔期间内，城里曾历经各种改建。

“为什么有这么多种语言？”

“我们的祖先来自各个国家，虽然过去数千英里以来已统一使用英语，但以前并非如此。我自己的家族就来自法国。”

“噢，是了。”我说。

在那一层，维多利亚带我去看合成食物工厂。那里就是用木材和其他植物制品合成制造出蛋白质和其他有机物质替代品的地方。工厂里气味浓烈，我注意到所有在这里工作的人都戴着面罩。维多利亚和我迅速穿过旁边的研究区域，这里负责改善合成物的质地与口味。维多利亚告诉我，她很快就会到此处工作。

后来，维多利亚继续表达对生活的挫折感，包括现在与未来。这次我已有所准备，更能安抚她。我跟她说，她能以自己的母亲为榜样，同样过着充实、有所建树的生活。我向她保证（几经说服）会告诉她更多关于工作的事，还有，一旦我正式成为公会成员，将尽我所能让公会体制更为开放、更为自由。这似乎让她稍微平静下来，我们共度了惬意的一晚。

7

维多利亚和我达成共识：我们俩应尽早成婚。她告诉我，下一英里时她会去研究结婚礼仪，看看我们能否在我下次休假或再下一次休假时成婚。与此同时，我必须回城外报到。

才从城底下走出来，我就发现城外工作进展飞快。城市周围的多数工程装备已经清空，看不见临时建筑物，也没有电力车停在电源处充电，所有机具似乎都在山脊另一头使用中。还有一个更为显著的差异：五条缆绳从城市北侧出入口沿着轨道旁连接至山脊那端，消失在山峦背后。轨道旁有数名民兵来回踱步地守着。

暗想穆恰斯金应该正忙碌着，我快步走向山脊。走到山顶时，眼前景象证实了我的推测；远方终点处的右内侧轨道附近一片忙乱。再远一些，还有许多工人在几座金属结构旁忙上忙下，但距离太远，我看不出这些结构的功能。我匆匆下山。

这趟路比我想象的更远，最长的轨道已经长达一英里半。此时太阳已经高悬空中，我找到穆恰斯金与他手下的工人时，已经满身大汗。

穆恰斯金没特意和我打招呼，我赶紧脱下外套前去帮忙。

工人正在铺设轨道，设法让这一条轨道与其他轨道等长，却碰到一块岩石般坚硬的土。这表示，虽然这段不需要水泥地基，但用来铺枕木的凹洞却特别难挖。

我在附近的卡车上找到一把十字镐，开始工作。不久，在城里遇上的复杂问题，一个个离我远去。

休息时，我从穆恰斯金那边得知，除了这段轨道，所有前置准备大多已完工，就等绞机启动。缆绳已拉长，地锚凿好。穆恰斯金带我到地锚工地，告诉我工人如何将钢梁深埋至地下，才能牢牢地固定住缆绳。三座地锚已经完工，与缆绳相连。第四座地锚即将完成，第五座正要开工。

在这里工作的公会成员散发出一股焦虑气息，我向穆恰斯金问起原因。

“时间差不多了，”他说，“距离上次绞机启动，我们花了二十三天才把轨道铺到这里。根据目前的估计，一切顺利的话，明天就能发动绞机。这样是二十四天，没错吧？这次我们顶多只能前进不到二英里……但等绞机完工，最适点已经前进到二英里半之外了。所以说，就算我们完成了，还是比上次启动绞机时多落后最适点半英里。”

“我们追得上吗？”

“可能得等下次启动绞机了。我昨晚和几个牵引技师聊过……他们觉得下次能先拉一小段再接两趟距离比较长的。他们担心前面的山丘。”穆恰斯金的手朝北方随便挥了挥。

“不能绕过去吗？”我问道。我望向东北方，山丘似乎没那么陡峭。

“可能可以……但往最适点最近的方向是正北方。任何转向都只会让我们的行进距离更长。”

我无法完全理解，只明确感受到一切迫在眉睫。

“但有件好事，”穆恰斯金继续说，“这次结束，我们就能换一批新土鬼了。未来测绘公会在北边找到了更大的聚落，那里的人急需工作。这种土鬼我最喜欢，他们越饿，工作就越卖力……至少会卖力一阵子。”

工作继续进行。那天我们一路赶工至天黑，穆恰斯金和其他轨道技师催促工人的叫骂又凶又响。无论这么做是好是坏，我都无暇思考观感，因为所有公会成员包括我在内，都全力投入工作当中。回到小屋过夜时，我已经累垮了。

隔日早晨，穆恰斯金早早离开小屋，要我尽快带拉菲尔和其他工人到工地去。我们抵达时，他和其他轨道技师正与整理缆绳的公会成员争论不休。我让拉菲尔和其他工人继续铺设轨道，心里却对他们的争执感到好奇。穆恰斯金终于过来，他什么也没说，只是又投入工作，对拉菲尔怒吼。

一会儿过后，我们休息时，我向他问起争执的事。

“都是那些牵引技师，”他说，“他们不管轨道还没完工，想要立刻启动绞机。”

“可以这么做吗？”

“他们说可以……说要把城市拉到山脊边需要时间，我们可以趁那段时间把轨道铺好。我们没有答应。”

“为什么不？听起来挺合理的呀。”

“因为那就表示我们得在缆绳底下工作。绞机启动后，缆绳负荷的压力极大，尤其是拉着城市上坡，就像到山脊那段路。你没见过缆绳断掉，对吧？”他显然没真要我回答，毕竟我之前根本不知道缆绳的功用为何。“听到绳索断掉的声音之前，你早就被劈成两半了。”穆恰斯金烦躁地说。

“所以你们后来决定怎么做？”

“我们还有一小时就可完工，在那之后，他们无论如何都要启动绞机了。”

此时还有三段轨道得铺。我们让工人再休息几分钟，随即复工。现在四名轨道技师和他们手下的工人全都聚集于此，我们动作迅速，但仍耗费了将近一小时才铺设完毕。

带着些许满意的神情，穆恰斯金示意牵引技师开始。我们收拾工具，撤到一旁。

“那现在要干吗？”我问穆恰斯金。

“只能等了。我要回城里休息休息，明天再开工。”

“那我要做什么？”

“如果我是你，就会留在这观摩，蛮有趣的。总之，我们得付钱给工人。我今天晚点会让易货商来找你，在他来之前，都让工人在这里等。我明早回来。”

“知道了，”我说，“还有什么其他要注意的吗？”

“没了，绞机启动时，这里由牵引技师做主。他们叫你干什么你就照做。有时可能需要调整轨道，你到时再注意点。但今天轨道应该没问题，他们已经检查过了。”

他留下我，往小屋走去，看起来万分疲惫。雇来的工人也回到他们的小屋，很快只剩下我一人。穆恰斯金提及缆绳断裂的危险，让我有些紧张，所以我在自认距离工地够远、够安全的地方坐下。

地锚那边没什么动静。五条缆绳都已经接起，摊放于地上，与轨道平行。地锚旁有两名牵引技师，我想他们是在缆绳连接处做最后检查。

山脊旁出现了一群男子，整齐地以两列纵队朝我们的方向前进。距离太远，我看不清他们是谁，但我注意到每行进约一百码，就会有一人脱队，在轨道旁就位。队伍越来越近，我看出他们是民兵，各个身配十字弓。队伍抵达地锚时，只剩八人，在地锚周围摆出防御阵形。几分钟后，一名民兵走向我。

“你是谁？”他问道。

“学徒赫伍德·曼恩。”

“你在做什么？”

“我被交代要观摩绞机运作。”

“好。记得别靠太近。这附近有多少土鬼？”

“我不确定，”我说，“大概六十个吧，我想。”

“轨道工人吗？”

“对。”

对方微笑：“没力气作怪了，不成问题。等他们找麻烦再告诉我。”

他又晃回去，加入其他民兵。我不明白工人会怎么找麻烦，但那名民兵对工人的态度非比寻常。我唯一能想到的是，可能过去土鬼曾经破坏过轨道或缆绳，但实在难以想象和我们一起工作的工人可能造成威胁。

在我看来，轨道旁站岗的民兵距离缆绳太近，实在危险。然而他们似乎浑然不觉，只是沉着地来回踱步，护卫着各自负责的区段。

我注意到地锚那儿的两名牵引技师已移动至地锚后方，在金属防护板后面就位。其中一人挥舞红色大旗，用望远镜观察山脊方向的动静。我看到山脊那边，在五座滑车旁还有一人。所有人似乎都在关注这个人，我也盯着他看。相隔距离太长，我只看得出他正背对我们的方向。

突然间，他转向我们，开始向地锚那边的两人挥旗。他手臂朝下，低于腰际，来回画出巨大的半圆。在地锚旁挥旗的牵引技师随即从金属防护板后方跑出来，重复山脊那头的旗号，确认收到。

一会儿后，我注意到缆绳沿着地面缓慢滑动，朝城市前进。在山脊那边，我看见滑轮转动，缆绳渐渐收紧。接着，一条条缆绳停止滑动，大部分绳索仍垂在地面。我推测这是缆绳本身重量所致，因为地锚和滑车附近的缆绳已全部腾空。

“叫他们开始！”防护板后方的牵引技师大喊，他的同事立即将手臂高举过头，开始舞旗。山脊那头的人重复这个旗号，然后迅速撤至一旁消失。

我等了等，好奇接下来将发生什么事，却始终看不出动静。民兵继续来回踱步，缆绳绷紧，动也不动。我决定走到牵引技师那边，弄清楚状况。

我才刚朝牵引技师的方向迈开脚步，方才挥旗的男子就着急地对我挥舞手臂。

“走开呀！”他大喊。

“怎么了？”

“缆绳现在已经绷到最紧了！”

我退回原位。

几分钟过去，仍看不出任何进展。接着，我发现缆绳正慢慢地收紧，直到几乎完全腾空。

我盯着南方，也就是山脊的方向看：城市渐渐出现在我眼前。从我坐着的地方，只能看见城市前侧塔楼最高的塔顶从山脊土石上方出现，越来越大。此时，城市更多部分映入眼帘。

我尽量与缆绳保持距离，绕至地锚后方，望向轨道与城市。城市吃力地缓缓沿着上坡前进，直到距离五座滑车仅有数英尺；滑车则牵着缆绳越过山棱。城市停止移动，牵引技师又开始挥舞信号。

接下来，他们进行了一系列冗长而复杂的动作：他们一一松开缆绳，同时着手拆除滑车。我看着他们拆完一座滑车即感到无聊，发现自己饿了，心想大概不会错过任何刺激的进展，便回到小屋，为自己加热餐点。

穆恰斯金不在，但他几乎所有的物品都留在小屋里。

我好整以暇地用餐，心想绞机至少要再过两小时才可能继续运作。我享受着独处时光，从过去一整天的繁重工作中喘息。

离开小屋时，我记起民兵的警告，走向工人的屋舍。他们多数人都坐在屋外的地上，看着滑车运行。其中几人正在交谈，大声争执，动作夸张。不过，我断定民兵过于疑神疑鬼，又走回轨道旁。

我瞄向太阳，就快落日了。我心想，等滑车全都拆除，剩余路程都是下坡，应该不会花太久时间。

终于，最后一座滑车也拆除了，五条缆绳再次绷紧。我等候了一会儿，接着地锚处的牵引技师再次发出信号，城市又开始缓慢前进……缓慢地沿着下坡朝我们前进。出乎我意料的是，这趟路并没有因为下坡而好走。据我的观察，缆绳仍然紧绷着，城市仍吃力地向前移动。随着城市越来越近，我注意到两名牵引技师的神情稍微放松了一些，但仍保持警觉。他们全神贯注地看着城市前进。

最后，庞然巨物距离轨道终点不到十码。负责打旗号的牵引技师将红旗高举过头。面向前侧的塔楼有一扇与墙等宽的大窗，里头站着许多人，其中一人也举起同样的红旗。几秒之后，城市停止移动。

接下来约有两分钟毫无动静，一名男子从塔楼走出，站在一个小平台上，俯瞰我们。

“好了……制动器已经就位，”他向下喊道，“可以开始放松缆绳了。”

两名牵引技师从金属防护板后面走出，夸张地伸展四肢。过去数小时以来，他们想必承受着极大的心理压力。其中一人直接走向城市边缘，对着城墙小便。他向同伴微笑，沿着建筑物凸出的部分向上攀爬，翻上塔楼前的平台。另一名牵引技师沿着缆绳向前走（现在缆绳已经明显松弛下来），然后消失在城市下方的豁口。民兵们仍保持着防御阵形，但即使如此，仍能看出他们似乎轻松许多。

表演结束了。眼看城市近在咫尺，我有点想进城去，但不确定能否这么做；再说，进城后我也只能见维多利亚，她应该也忙着工作。何况穆恰斯金交代我留在工人这边，我觉得不能违背他的吩咐。

我走回小屋时，一名男子从城市的方向朝我走来。

“你是学徒曼恩？”他问道。

“是的。”

“我是杰米·科灵思，易货公会的。轨道技师穆恰斯金说要给这里的工人付报酬。”

“是的。”

“有多少人？”科灵思问道。

“我们这批工人有十五个，但这里还有其他工人。”

“有任何申诉吗？”

“什么意思？”我问道。

“申诉……曾经遇到麻烦，或拒绝工作，等等。”

“他们动作很慢，穆恰斯金总是对他们吼。”

“有人拒绝工作吗？”

“没有。”

“好。你知道他们的领队是谁吗？”

“有个叫拉菲尔的会讲英语。”

“我找他就行。”

我们一起走到小屋那边找工人。一看到科灵思，工人瞬间沉默。

我指向拉菲尔。科灵思和拉菲尔开始用当地人的语言交谈，其中一名工人立即开始生气地朝他们喊。拉菲尔忽略那名工人，继续与科灵思谈话，不过显然敌意很深。又有一人叫喊了起来，一转眼许多工人蜂拥而上，将科灵思和拉菲尔团团围住，推挤当中，其中几人甚至伸手拉扯科灵思。

“需要帮忙吗？”我隔着群众对他喊道，但他没听见。我靠得更近一些，大声重复。

“找四个民兵来，”他用英语喊道，“叫他们低调一点！”

我看了一眼正在争论的群众，匆匆离开。缆绳与地锚附近还有一小群民兵，我直接往那个方向去。他们想必听见争执喧闹，已经望向工人那边。当他们看见我朝他们跑去，其中六名随即出发。

“他说要四个民兵！”我说，跑得气喘吁吁。

“那样不够。交给我办吧，小子。”

说话的民兵似乎负责指挥，他大声吹哨，朝下属招手。又有四个民兵离开城边的岗位，朝工人跑去。总共十个民兵朝冲突现场跑去，我跟在他们后面。

民兵不顾科灵思还困在冲突中，也没问他的意见，就直接朝群众出击，手持十字弓如棍棒般挥舞。科灵思立刻转身，对民兵大喊，但被身后一个工人抓住，拖过地面，其他人冲上来，朝他猛踹。

民兵看起来训练有素，干练而迅速地移动，灵巧地挥舞十字弓，出击精准。我看了一会儿，然后试着挤进人群去找科灵思。其中一个工人抓住我的脸，用手指猛戳我的眼睛。我试着挣脱，但另一个工人前来帮忙。突然间，我又自由了……只见攻击我的两人倒在地上。解救我的民兵毫无表示，继续无情地挥击。

现在其他工人也赶来助阵，因此人越来越多。我无暇顾虑这点，只急着回到冲突当中，找到科灵思。我正前方有一个瘦削的背脊，单薄的白色布衣因汗湿黏在皮肤上。我想都没想就伸出手臂，环绕前方男子的颈部把他往后拉，用力地打他的耳朵。男子倒地。他前方还有一人，我试图使出同样招数，但在我出击以前，另一个工人狠狠踢我，我跌在地上。

无数条腿之间，我看到科灵思的身体倒在地上，工人仍在朝他猛踢。他面朝地趴着，双臂抱头护着自己。我试着朝他的方向推挤，但那时工人也开始踢我。又一只脚往我的头部侧边飞来，我瞬间失去知觉。一秒后我回过神来，明确感受到工人在用力地踹我的身体。像科灵思一样，我双手环抱头部，继续往刚刚看到他的方向推挤。

我周围的肢体横七竖八，怒吼声此起彼落。我抬头看了一下，发现科灵思就在几英寸之外，便继续前进，挤到他身旁，一样蹲在地上。我试着站起来，却又飞来一脚让我倒地。

我惊讶地发现科灵思还是清醒的。倒在他身旁时，我感受到他用手臂环住我的肩膀。

“听我口令，”他朝我的耳朵里大喊，“准备站起来！”

一会儿后，我感觉他攫住我肩膀的力道更大了。

“就是现在！”

我们猛地站起，他放开我的瞬间立刻挥拳，正中一个工人的脸。我没有他那么高，只能用手肘拐击另一人的腹部，颈部因而挨了一拳，我又跌坐在地。有人抓住我，帮我站稳。是科灵思。

“忍着点！”他以双臂环住我，让我抵向他的前胸。我也抓住他，但力气更小。“没事了，”他说，“忍着点。”

周围的拳打脚踢渐渐平息，最后终于结束。众人退下，我瘫在科灵思怀中。

我头昏脑涨，眼前的一片红逐渐扩散，最后我一眼瞥见民兵围成一圈，十字弓上了箭。工人逐渐退下。我晕了过去。

大概一分钟后醒来时，我躺在地上，其中一名民兵站在我旁边。

“他没事了。”他大喊后离开。

我痛苦地侧身，看到科灵思在不远处和民兵长官激烈争吵。五码之外，工人成群站着，被民兵包围。

我试着起身，第二次才站起来。我的脑袋仍然一片混乱，我站着看科灵思继续争论。一会儿后，民兵长官朝工人走去，科灵思则朝我走来。

“感觉怎么样？”他问道。

我试图咧嘴微笑，但我的脸发肿，而且很疼，只能盯着他看。大片红色淤血遮住他半边脸，一只眼睛已经快要闭上。我注意到他用一只手捂着腰部。

“我没事。”我说。

“你在流血。”

“哪里？”我用手摸摸脖子（痛得要命），摸到温热的液体。科灵思上前检查。

“只是擦伤严重了点，”他说，“你要回城里包扎吗？”

“不用。”我答道，“到底发生了什么事？”

“民兵反应过度了。我不是只要你带四个人过来吗？”

“他们不肯听我说。”

“嗯，他们总是这样。”

“为什么会吵起来？”我问道，“我和那些人一起工作挺久了，他们从来没有攻击过我们呀。”

“他们累积了不少怨气，”科灵思答道，“更具体来说，其中三个工人的妻子在城里，他们不肯留下妻子自己离开。”

“他们是从城里来的吗？”我说，不确定是不是听错了。

“不……我说他们的妻子在城里。这些人都是当地人，从附近村落雇来的。”

“我原本就是这样以为的啊，那他们的妻子在城里做什么？”

“我们买下她们了。”

8

那晚，我睡得极不安稳。我独自在小屋过夜，仔细解衣，检视身上的伤。我的前胸半边布满淤青，还有几道深深的抓痕，阵阵发疼。颈上的伤口已经止血，我还是用温水清洗，又从穆恰斯金的急救箱里找来药膏擦上。我发现其中一根手指的指甲因打斗严重裂开，我只要移动下颚，就痛得要命。

我再次考虑是否要回城里，像科灵思建议的那样（毕竟我们距离城里只有几百码），最后还是作罢。城里一尘不染，我可不愿像打完群架的醉汉那样狼狈地出现，引来众人注目。虽然事实也相差不远了，但我还是宁可自己善后。

我努力想入睡，但总是没几分钟又醒来。

隔日早晨我很早就醒了，起了床，因为我想在穆恰斯金回来之前再整理一下。我全身疼痛，只能缓缓移动。

穆恰斯金回来时心情很差。

“我听说了，”他开门见山地说，“别试着辩解。”

“我不明白怎么会发生这样的事。”

“你挑起了一场群架？”

“都是那些民兵……”我虚弱地说。

“没错，但你早该晓得要让民兵离那些土鬼远远的。几英里前他们折损了不少人手，总在找机会报仇。那些蠢蛋只要找到借口，就会冲上前揍人。”

“科灵思有麻烦了，”我说，“我总得做些什么。”

“没错，不完全是你的错。科灵思说，如果你没带民兵过去，他可以处理得更好，但他也承认叫过你去找民兵。”

“是的。”

“好了，下次记得用点脑筋。”

“我们该怎么办？”我问道，“现在没有工人了。”

“今天会有更多工人过来。一开始会比较慢，因为得训练新人。但好处是他们不会满腔怨气，工作也比较认真。总是过一阵子，他们有时间思考之后，事情才变得麻烦。”

“可是他们怎么那么讨厌我们呢？我们不也付了工资吗？”

“确实，但价钱是我们定的。这附近很穷，土地贫瘠，食物又短缺。我们的城市经过，提供他们需要的……他们也接受了，但拿不到什么长期保障。而且，说起来我们拿走的比给的更多。”

“我们可以付更高工资啊。”

“或许吧，”穆恰斯金无动于衷，“那不是我该烦心的事。我们顾好轨道就好。”

我们等新一批工人到来，等了好几小时。同时，穆恰斯金和我清空原先的工人住的屋舍。前夜，民兵把工人赶走前，让他们收拾了行李，可屋舍里仍留下不少东西：主要是些破烂的旧衣和食物碎屑。穆恰斯金提醒我，要我仔细找可能留给新一批工人的信息，不过我们俩都没什么发现。

一会儿后，我们离开屋舍，把剩下的东西全烧了。

大概中午时，一个易货商过来，告诉我们新一批工人很快就到。对方为前晚的事件郑重道歉，又说，虽然他们讨论了许久，但民兵仍会暂时加强戒备。穆恰斯金抗议，易货商附和——这个决定也违背了他的意愿。

我感到两难。一方面，我对民兵并无好感；但有他们在，就能避免重演前晚的混乱，因此也无从反对。

因为时间耽搁了，穆恰斯金有些焦躁。我想这或许是因为那股无所不在的迫切感，必须弥补失去的时间。我问起时，却发现他并没有我预想的那么在意这件事。

“下次绞机启动时，我们就能追上最适点，”他说，“上次延迟是因为山脊的关系，之后不用担心了，前面几英里的土地都很平坦。我更担心城市后方的轨道。”

“民兵会守卫轨道的呀。”我说。

“确实……但民兵可没办法阻止轨道变形。这才是轨道留在后侧太久最危险的事。”

“为什么？”

穆恰斯金眼神锐利地看着我：“我们在最适点南边较远的地方，知道这代表什么吗？”

“不知道。”

“你还没下去过？”

“什么意思？”

“到城市以南、距离很远的地方。”

“还没……没去过。”

“那好，等你去过，就知道会发生什么事了。现在听我的就对了。我们让轨道留在城市南边越久，轨道越可能无法再重复使用。”

工人仍没有抵达的迹象，穆恰斯金让我留在原地，自己去和两名刚从城里过来的轨道技师交谈。一会儿后他回来了。

“我们再等一小时，若到时还没人过来，我们就从其他公会找人手来开始工作。不能继续等下去了。”

“我们可以叫其他公会来帮忙？”

“雇人来干活可太奢侈了，赫伍德，”他说，“从前轨道都是公会成员自己铺的呢。让城市顺利移动是第一要务，无论如何都得完成。若有必要，我们可以让城里每个人都来铺轨道。”

突然间，他看似放松了些，躺在地上闭起眼。现在几乎日正当中，今天感觉比平常更热。我注意到西北方有一丝乌云，空气较之前迟滞而潮湿。尽管如此，太阳仍无云层遮掩。比起在轨道上工作，我挨揍的身体还在发疼，宁愿慵懒地躺在这儿。

几分钟后，穆恰斯金坐起身，望向北方。五名身穿显眼斗篷与易货公会颜色饰带的易货商领着一大群男子朝我们前进。

“很好……开工吧。”穆恰斯金说。

尽管他明显松了一口气，但开工前还有不少准备工作得完成。所有人手被分成四组，各由一个会讲英语的人担任组长。接着分配小屋里的舱床，工人安置好行李。尽管耽搁了不少时间，但穆恰斯金仍乐观地看着这一切。

“他们看起来很饿，”他说，“饿肚皮最能让他们好好工作了。”

这群人确实看起来乱糟糟的。虽然或多或少都身穿衣物，却没几个人穿着鞋子，多数人蓄着长发与胡须。他们眼窝凹陷，有几个人还因营养不良而腹部肿胀。我注意到其中一两人不良于行，一个人的手臂甚至残缺变形。

“这些人有办法干活吗？”我悄悄地问穆恰斯金。

“不大行。但做个几天，好好吃个几顿，之后就行啦。很多帮我们干活的土鬼刚来时都是这副德性。”

我对他们的状态深感震惊，细想，当地生活品质恐怕真如穆恰斯金叙述的那么差。若是如此，我好像更能了解他们为何会那么憎恨城里的人了。我想，城市偿付给这些工人的，远超过他们所习惯的一切，也让他们得以瞥见另一种更为丰足、舒适的生活。可城市会继续移动，城市从当地人最好的一切中得利，离开后，他们却得回到先前原始的生活。

现在正分发食物给工人，时间耽搁了更久，穆恰斯金却越发乐观。

最后，我们终于开工。当地人自己分成四组，各由一位公会成员带队。我们朝着城市出发，取了四辆轨道台车，浩浩荡荡地向南边的轨道驶去。轨道两侧各有民兵防守；越过山脊时，我们看见城市原先位置的谷地那儿，重兵守着轨道底端的缓冲墙。

四组轨道工班一起开工，我先前注意到的竞争气氛又出现了。工人此时或许还意识不到这点，大概要再等更久之后吧。

穆恰斯金将台车停在缓冲墙不远处，向组长（一个名叫胡安的中年男子）说明工作内容。胡安转告给其他工人，他们都点头表示理解。

“他们根本搞不清楚要做什么，”穆恰斯金一边对我说，一边咯咯笑，“都在装懂。”

第一项工作是拆除缓冲墙，把装备沿着轨道搬至城市后侧。穆恰斯金和我刚开始示范怎么拆除，太阳就突然下山了，气温骤降。

穆恰斯金抬头望向天空："暴风雨要来了。"

语罢，他就不再注意天气，我们全情投入工作。几分钟后，我们听见第一声远雷闷响，不久雨水开始落下。雇来的工人紧张地抬头看，穆恰斯金却要他们继续工作。没过多久，风雨就笼罩于我们之上，雷电交加，我感到害怕。不一会儿我们就都淋湿了，可工作仍不停歇。我听见工人开始抱怨，但穆恰斯金（通过胡安）制止了他们。

我们沿着轨道运送缓冲墙的部件时，风雨消散，太阳又探出头来。其中一名工人开始唱歌，不久其他人纷纷加入。穆恰斯金看起来很开心。那天最后的工作是在城市后侧几码处建起新的缓冲墙，其他组工人也在建好缓冲墙后收工。

次日我们早早就开始了。穆恰斯金看起来还是心情大好，但仍示意想全速工作。

在我们准备拆起最南端的轨道时，我亲眼见到他所担心的事发生了：将轨道固定至枕木上的拉杆弯曲变形了，必须以人力用扳手拆开，无法再继续使用。此外，拉杆变形的压力也让枕木多处裂开（虽然穆恰斯金判定还能再用），水泥地基也出现裂缝。所幸，轨道本身还能回收使用。穆恰斯金说，虽然轨道也有点变形，但应该能够轻松扳直，不成问题。他和其他轨道技师开了个简短的会，决定暂时不用台车载料，而是全力拆除轨道，在部件继续变形前赶快挖起。我们工作的地点距离城市仍有将近两英里，台车每载一趟都得花上不少时间，他们的决定相当合理。

当天收工前，我们已经拆除了多数变形的部件，剩下的轨道变形程度并不严重。穆恰斯金和其他人对进度表示满意，我们尽可能地把轨道和枕木堆到台车上才休息。

轨道工作就这样继续进行。到了我十天工作的尾声，拆除轨道的进度已完成许多，雇来的工人合作无间，北侧已开始铺设新的轨道了。离开前，我从没看过穆恰斯金如此满足，我对休假两天也毫不内疚。

9

维多利亚在她房里等我。这时，打斗留下的淤青和抓痕都已差不多痊愈，我决定闭口不提。那次冲突显然没有传到她耳里，因为她没有向我问起。

那天清晨，我离开穆恰斯金的小屋回城里时还早，还没热得难以忍受。心想着天气如此宜人，我向维多利亚建议再一起到眺望城外的平台去。

“平台这时候应该是锁着的，”她说，“我去看看。”

她离开了几秒钟，返回时证实如此。

“大概正午之后就会开放了吧。”我说，心想到那时平台上已经无法直接看到太阳了。

“把衣服脱下来，”她说，“又该洗了。”

我开始解衣，维多利亚突然上前，以双臂环抱我。我们接吻，同时意识到我们都很高兴见到彼此。

“你变壮了。”她说，边把制服从我的肩膀剥下，用手轻拂我的胸膛。

“是体力活的关系。”我说，边解开她的衣扣。

计划因此生变，过了好一会儿维多利亚才帮我把制服拿去洗，留我独自享受舒适的床铺。

用完午餐后，我们发现平台开放了，于是移步过去。这次不止有我们俩，两个教育管理司的人已经在那儿了。我们在育幼园就认识了，因此只好参与枯燥的闲聊，讨论成年后的种种。从维多利亚的表情看来，我暗想她大概和我一样觉得无趣，但我们两人都不愿主动结束话题。

一会儿后，两人终于和我们道别，回到城内。

维多利亚朝我眨眨眼，轻声地笑。

“天哪，真庆幸我们离开育幼园了。”她说。

“我也是。他们当老师时，我还以为他们算有趣呢。”

我们在平台的座位一起坐下，眺望城外风景。从这个方向望出去，不可能看见城市周围的动静。就算我知道现在轨道技师和工人正在将轨道部件从城市南侧运到北侧，也完全看不见他们在哪里。

“赫伍德……为什么城市会动呢？”

“我不知道，不太确定。”

她说：“不晓得公会以为我们是怎么想的。没有人说什么，但任何到过这里的人，都看得出来城市移动了呀。但问起这件事时，别人又告诉我这不是管理员的职责，不必知道。我们连问问题都不被允许吗？”

“他们什么都没告诉你吗？”

“完全没有。几天前我上这里来，发现城市移动了。在那之前，整整两天平台都锁着，大家都说要小心保管财产，别弄丢了，就这样而已。”

“好，”我说，“告诉我，城市移动时，你有感觉吗？”

“没有……应该没有吧。要知道，我到事后才发现。仔细回想，我也记不起当天发生过任何不寻常的事。但话说回来，我从来没有出过城，从小到大，可能已经习惯城市时不时会移动了。城市是沿着道路移动吗？”

“是轨道系统。”

“为什么呢？”

“我不能告诉你。”

“你答应我的，而且告诉我城市会移动应该没什么大不了吧……这不是很明显吗？”

又是同一个难题，我进退两难。但就算与誓言相悖，她说的也有道理。渐渐地，我不禁思考誓言的效力，即使是我，也感觉到誓言的束缚渐渐消失。

我说：“城市朝着一个叫‘最适点’的地方前进，在城市正北方。目前城市位于最适点南方约三英里半之处。”

“所以我们很快就会停止不动了？”

“不……这就是我搞不清楚的地方。好像是说，就算城市抵达最适点，也不能停下来，因为最适点本身也会不停移动。”

“那有没有抵达还有差别吗？”

我没有回答，因为不知道答案。

维多利亚继续提问，最后，我告诉她轨道上的工作。我试着以最简短的方式叙述，但仍难以确知我违反誓言的程度——心境上或实务上皆然。我每告诉她一件事，都在说出口后想起与誓言相左的地方。

最后，她说：“听着，别再说了。显然你不想告诉我。”

“我只是很困惑，”我说，“誓言禁止我谈论这些，但你已经让我明白，我根本无权向你隐瞒什么。”

维多利亚沉默了一两分钟。

“我不知道你怎么想，”最后她说，“但过去几天以来，我对公会体制越来越反感了。”

“不是只有你，我还没听过几个人说公会体制的好话。”

“你觉得公会体制会不会已经过时了呢？总觉得体制是靠隐瞒知识运行的。我看不出任何好处，觉得非常不公平，而且肯定不止我这样想。”

“说不定我正式成为公会成员之后，会变得跟他们一样呢。”

“希望不会。”她说，笑出声。

“有这么件事，”我说，“每次我问穆恰斯金——他是与我一起工作的人——任何你问我的那类问题，他都会说我以后就知道了。好像公会的运作确实有其道理，也和城市为何必须移动有关。目前，我只知道城市非得移动不可……就这样。在城外时，我们就只有不停工作，连问问题的时间也没有。但显然让城市顺利移动是第一优先的事务。”

“如果你得知答案了，你会告诉我吗？”

我思考了一下：“我不能够向你保证任何事。”

维多利亚猛然站起身，走向平台最远的一侧。她站在栏杆边，视线越过城内建筑物的屋顶，望向城外乡间。我没有跟上去。她让我进退两难。我已经透露太多，维多利亚却要求我继续分享，这令我难以承受。但我也无法拒绝她。

几分钟后，她回到座位，在我旁边坐下。

“我知道我们要怎么成婚了。”她说。

“要再举办仪式吗？”

“不用，很简单。我们只需要签个文件，交给我们各自的主管即可。我已经拿到文件了，就在楼下……内容清楚明了。”

“所以我们能直接填好？”

“对，”她严肃地望着我，“你想这么做吗？”

“当然了。你呢？”

“是的。”

“尽管……这一切？”

“什么意思？”她问道。

“尽管我们每次交谈，都躲不掉我无法告诉你、或不应该告诉你的事情，而你好像觉得那是我的错。”

“你担心这件事？”她说。

“对，我很担心。”

“如果你想，我们可以延后婚期。”

“延后又能解决什么呢？”我问道。

我不确定如果维多利亚和我取消婚约会发生什么事。公会那么大费周章地引介我们，若现在取消婚约，是不是又会违反什么公会体制的规定呢？反过来说，既然不需要再举办正式仪式，我们似乎没有立即成婚的必要。于我们俩而言，我们之间唯一的歧见只有关乎保密誓言的效力范围。除此之外，我们似乎非常适合彼此。

“我们暂时别说这个了。”维多利亚说。

那天稍晚，我们回到她的房间，气氛缓和了下来。我们聊个不停，小心翼翼地绕过会造成麻烦的那些话题，到了睡前，我们的态度已经转变。隔天早晨起床，我们就签了文件，带去交给公会会长。未来测绘师克劳塞维兹不在城里，但我找到另一个未来测绘师代克劳塞维兹收下文件。每个人似乎都很开心。后来维多利亚的母亲陪了我们许久，告诉我们已婚夫妇享有的各种自由和福利。

离城去轨道那边向穆恰斯金报到前，我把所有个人物品从育幼园带走，正式搬去与维多利亚同住。

我是已婚男人了，岁数是六百五十二英里。

10

接下来两英里的时间我逐渐建立起生活规律，多数时候颇为惬意。在城里与维多利亚相处的生活舒适、快乐且亲密。她告诉我她工作的种种，通过她的转述，我才逐渐了解到城里的日常生活如何运作。她仍偶尔问起我在城外的工作，不过，她先前强烈的好奇心可能已经消散，或者决定不再逼问我，总之，先前的不满与愤恨从未再像第一次谈起时那样外露。

城外，我继续实习。我参与的城外工作越多，越发觉城市顺利移动须仰赖众人互助。

上一英里结束后，我不再跟着穆恰斯金，而是遵循克劳塞维兹的指令加入民兵。得知的当下我深感错愕，原以为完成轨道上的训练后我就能回到自己的公会担任未来测绘师。与此同时，我也发现每过三英里，我就会被调到不同的至上公会。

我有点舍不得离开穆恰斯金，因为他总是明快地面对轨道上繁重的工作，无可否认，这样直接的态度相当吸引人。越过山脊后地势平坦，使铺设轨道简单许多，新一批工人乖乖工作也让穆恰斯金的不满情绪渐渐散去。

在向民兵报到前，我去找克劳塞维兹。我不想大惊小怪，但仍想问他如此决定的缘由。

“这是标准流程，曼恩。”他说。

“可是，先生，我已经准备好参与自己公会的事务了。”

克劳塞维兹坐在办公桌后方，神色自若，对我无力的异议没有丝毫不悦。我猜想这样的提问他大概见多了。

“我们得维持民兵编额满员，有时必须征召其他公会成员去防卫城市。到时没有时间从头训练，所以每个至上公会成员都必须和民兵一起服役，你也包括在内。”

我无可辩驳，于是接下来三英里时间，我是二等十字弓手曼恩。

我对这段时期深感厌恶，如此浪费时间，又得和毫无同情心的家伙们共事，简直令人恼火。我明知这种态度只会让自己更难过，确实结果也是如此。在头几个小时内，我已是整个民兵公会最不受欢迎的新兵。唯一令我欣慰的是有其他学徒（一个来自易货公会，另一个来自轨道公会）和我观点相同。然而，他们比较幸运，更能适应新环境，因此比我少吃些苦头。

民兵营舍位于城市地基的马厩旁，由两座大型宿舍组成，我们生活、吃睡都必须在此，环境过分拥挤又肮脏，令人难以忍受。服役期间，我们无止境地训练，在城外乡间长途行军，学习徒手搏斗、游泳渡河、爬树、吃草，以及无数其他徒劳的活动。三英里结束时，我学会了使用十字弓，也懂得了如何在手无寸铁时自卫。我也为自己树了不少敌，未来大概最好避开他们。一切我皆称之为“历练”。

其后，我被调至牵引公会，立即感到开心不少。从这时起，直至实习结束，我的生活确实既愉快又充实。

负责牵引城市的技师们轻声细语、勤劳且聪明。尽管他们动作缓慢，但确实不仅完成了自己分内的职责，更完成得无可挑剔。

我先前观看他们工作的经历（上次绞机启动时），并未完全揭露他们实际的工作内容。牵引不只是移动城市，更涉及城市内部的运作。

我发现城市中心设有一座巨大的核反应炉，位于最底层。城市所需的电力都由此而来，牵引公会负责反应炉运作，也负责城里的通信和下水道系统。许多牵引技师是水利工程师。我也得知原来城里有着错综复杂的泵浦[1]系统，确保每一滴水都能回收再利用。我很惊恐地发现，食物合成器竟以下水道过滤装置为基础；尽管城里的管理员负责操作和设定合成器，最终合成食物量（或多或少决定了品质）是由牵引泵浦机房人员决定的。

带动绞机、牵引城市移动，仿佛只是反应炉的次要功能而已。

城市总共有六座绞机，位于以东西向横跨城市地基的巨大钢铁机房中。六座绞机中，每次只使用五座，闲置一座，轮流进行检修。绞机最大的隐患是它的轴承，用了数千英里之后，轴承磨损的情形相当严重。我跟着牵引技师实习时，他们常争论是否一次只启动四座绞机（减少轴承使用），或一次启动六座绞机（减少轴承磨损）。最后共识似乎是维持现状，因为牵引公会并未做出重大决策。

我跟着牵引技师进行的工作之一是检查缆绳。这是一项重复性的例行工作，因为缆绳和绞机一样古老，越来越常断裂——而理想情况下，缆绳是完全不应该断裂的。牵引城市使用的六条缆绳已维修过数次，不仅越来越不牢固，且每条缆绳都有好几处开始脱线。

---

1 一种使用光将电子从原子或分子中的较低能级升高（或“泵”）到较高能级的过程。——编注

因此，每次启动绞机前，用于牵引的五条缆绳必须每英尺每英尺地检查，清洁、上油，将脱线磨损处捆紧。

在反应炉机房中，或在城外整理缆绳时，众人总是在讨论如何缩短与最适点间的距离，如何改善绞机，如何取得新缆绳。所有公会成员的灵感都源源不绝，而且都不只是纸上谈兵。他们的多数工作都与日常琐事有关。例如，我和他们一起工作时，曾参与一项在城里增建水库的新计划。

这段实习还有另一项好处：我得以和维多利亚一起过夜。尽管每次夜里回到房间时，我都因为工作又热又脏。虽然时间短暂，但我仍渐渐喜欢上了有家室的舒适生活，并因工作有意义而感到满足。

一天，我在城外工作，正在操作机具将缆绳运至遥远的地锚处时，我向共事的牵引技师问起格尔曼·杰斯。

“那是我的老朋友，是你们公会的学徒。你认识他吗？”

“和你差不多岁数吗？”

“比我大一点。”

“几英里之前，我们来了一两个学徒，但我不记得他们的名字。如果你想的话，我可以帮你查查看。”

我很期待再见到杰斯。我们已经很久没见了，而且我也很想和他交换意见，毕竟我们刚经历过同样的过程。

那天稍晚，那位技师告诉我，杰斯就是他提到的两名学徒之一。我问怎么联络杰斯。

“他会离开好一阵子。”

“他在哪儿？”我问道。

“他出城了，往下走。”

我在牵引公会的实习结束得太快，接下来三英里，我被调至易货公会实习。得知此消息时，想到自己目睹易货商的工作情形，我不免心情复杂。我意外地发现自己将和易货商科灵思一起工作，得知他主动要求与我共事，我更是惊讶不已。

“我听说你要来我们公会实习三英里，”他说，“我想让你知道，我们的工作不只是应付暴动的土鬼。”

和其他公会成员一样，科灵思在城市前方的塔楼有一间自己的房间，他在这里拿出一卷长长的纸卷，是一张写满注记的地图。

“你不必把内容认真记下来，这是城市前方的地图，是未来测绘师完成的。”他把山脉、河川、谷地、陡坡的符号指给我看。这些都是城市缓慢朝着最适点前进时，规划行进路线必须考量的重要信息。“这些黑色方块代表当地聚落，这才是我们需要注意的。你会讲几种语言？”

我告诉他，在育幼园时我对语言没有多大兴趣，除了英语只会法语，而且讲得不流利。

“还好你没打算永久加入我们公会，”他说，“语言能力就是我们的吃饭家伙。”

他告诉我，当地居民多说西班牙语，但他和其他易货商看了从城市图书馆找出的资料才发现，城市居民里没有人的祖先说西班牙语。他们设法适应，但又不断遇上不同方言的挑战。

科灵思告诉我，所有至上公会中，只有轨道公会固定雇用当地工人。有时造桥师也会雇用工人，通常雇用时间较短。总体而言，易货商主要就是负责为轨道工作雇用劳工，以及科灵思称为“人口转移”的工作。

“那是什么？”我立即问道。

科灵思说：“那就是让我们变得如此不受欢迎的主因。我们专找食物短缺的贫穷聚落，所幸这附近相当贫瘠，让我们在议价时颇有优势。我们提供食物，以科技提供农业、药品和能源方面的协助，用来交换当地男人的劳力，并借用年轻女性。这些女子会短暂地留在城里，希望能为我们生下新居民。”

“我听过这事，”我说，“真不敢相信这是真的。”

“为什么不？”

“这不会有点……不道德吗？”我迟疑地问道。

“试图维持城里的人口数量不道德吗？不注入新血，我们不出两个世代就会灭绝了。城里居民生的孩子多是男性。”

我记得那场打斗的起因。“但那些‘转移’至城里的女性，有些已经结婚了，不是吗？”

“是的……但她们只需生一个孩子，在那之后她们可以自由离开。”

“孩子会怎么样呢？”

“若是女孩，就留在城里，在育幼园里长大。若是男孩，生母可以决定把孩子带走或留下来。”

我顿时理解维多利亚谈及此事时，为何那么难以启齿。我的母亲来自城外，随后又离开了。她没有带我一起走，也就是说她不要我。理解此事并没有引发痛苦。

易货商和未来测绘师一样，以马匹为交通工具，往来乡间。我从没骑过马，因此离城向北时，我步行跟在科灵思身旁。后来，他教我如何骑，并告诉我，要加入我父亲的公会，势必得会骑马。骑术技巧须慢慢累积。一开始我对马匹感到畏惧，觉得难以驾驭。渐渐地，我发现这种动物温驯又友善，因此越来越有自信。马儿好像也明白这点，配合得更好了。

我们并没有离城太远。东北方有两个聚落，我们两个都造访了。村民对我们有些好奇，但科灵思认为这两个聚落都不需要城市提供的物品，我们就没有试图商量。他告诉我，城市所需的劳力暂时已经足够，也补足人口转移所需的女性了。

第一次离城参与易货商工作（共花了九天，其间都露宿野外）之后，我和科灵思一起回到城里，听说领航员委员会批准了一项造桥计划。根据科灵思给我看的地图，城市有两条可能的前进路线。一条路线朝西北方前进，避开前方一座峡谷，但须穿过有许多碎石的崎岖山脉；另一条路线则穿越较为平坦的地区，但须建造一座跨越峡谷的桥。领航员选择后者，因此所有可用劳力都要暂时借调至造桥公会。

由于造桥是重大要务，穆恰斯金和另一个轨道技师及手下工人都被征调了，一半民兵成员也暂离现有岗位协助，几个牵引技师负责监督桥上的轨道铺设工作。这座桥的样式与结构设计的最终职责落在造桥公会身上，造桥师向易货公会要求雇用五十名工人。

科灵思和另一个易货商立即离城，前往当地聚落。同时，我被带至造桥工地北侧，受负责统筹的公会成员造桥师勒鲁——维多利亚的父亲指挥。

亲眼见到峡谷时，我立即知道这会是一项重大的工程挑战。峡谷间隔距离极宽，跨越处的宽度约有六十码，而且两侧岩壁易碎而凹凸不平。峡谷底端是条湍急的溪流。此外，峡谷北侧比南侧低了十英尺，意味着轨道跨越峡谷后，还得再铺一段坡道。

造桥公会决定造一座吊桥。我们没时间造拱桥或悬臂桥，而另一种造桥师偏好的方法（直接在峡谷裂隙搭建木鹰架）则因峡谷环境的性质不允许，无法实施。

于是，我们立刻开始建造四座桥塔，峡谷南北各两座。搭建桥塔似乎不难，以钢管为建材。施工时，一个男子从塔楼坠落丧命。工程毫无延宕，继续进行。不久后，我因例行休假得以回到城里，在这期间，绞机启动，将城市牵引向前。这是我第一次确知绞机启动时人在城内。我仔细地观察，发现并无明显移动的感觉，顶多背景噪声增加了些，大概是绞机马达启动的缘故。

维多利亚也在这次休假时告诉我她怀孕了，这个消息令她母亲欣喜不已。我很高兴，因此喝了太多酒，出了洋相。大家似乎都不介意。

回到城外，我发现尽管人力短缺，轨道与缆绳的例行工作仍持续不停，现在城市距离造桥工地只剩两英里。我和一名经过的牵引技师聊起，得知目前城市距离最适点只有一英里半。

我没多想，后来才想到，这意味着吊桥的地点其实是最适点北方半英里处。

后来工程延宕了很长一段时间。造桥进度缓慢。意外发生之后，工地新加入了一系列安全措施，且勒鲁的手下也反复检查桥梁结构的强度。施工时，我们得知轨道铺设工作的进度缓慢。一方面这令我们安心，因为吊桥距离完工还远得很；另一方面，这又引发了众人的焦虑。在追逐最适点的无尽旅程中，任何延迟都不是好事。

一天，工地流传着消息，说吊桥正好处于最适点。这个消息令我重新审视周遭环境，却发现一切依旧，最适点并无任何不寻常之处。我又开始疑惑，最适点到底为何那么重要。然而，随着日子流逝，最适点又不可思议地继续往北，它也从我的思绪中溜走。

现在城里的资源全都投注于造桥，我无法继续实习。每隔十天我都能休假（所有公会成员都是如此），但现在的工作无助于累积我对各个公会的知识。造桥是优先要务。

然而，其他工作仍持续进行。吊桥南侧几码处建起固定缆绳的地锚，轨道正逐渐朝地锚延伸。时候到了绞机便启动，沿着轨道将城市牵引向前，静静地在峡谷边等候吊桥完工。

造桥最困难、最耗费精力的部分是把钢索从峡谷南侧塔楼牵至北侧，并用以支撑轨道。时间不断流逝，勒鲁和其他公会成员越来越担忧。我明白这是因为最适点正在慢慢向北移动，离桥越来越远。吊桥即将面临和先前城市南侧轨道相同的危险，就像穆恰斯金告诉我的：它可能会弯曲变形。尽管吊桥的设计本就设想到这点，可是补救空间有限，没有余裕再耽搁过桥了。现在造桥工程日夜不停，夜里从城里接电，以强力弧光灯照明。所有成员暂停休假，轮班赶工。

轨道的水泥基板铺好了，穆恰斯金和其他人接着铺设轨道。与此同时，地锚在吊桥北侧建起，位于结构复杂的坡道尾端。

因为城市近在咫尺，我们休息时能睡在自己的房间。我发现工地的极其忙碌与城里相对平静的气氛和日常生活反差甚大，令人困惑。我的举止想必反映了心中所想，因为维多利亚这一阵子又问起我的工作。

总之，不久后桥造好了。勒鲁和其他造桥师仔细地进行检查，又延迟了一天。尽管他们宣布吊桥安全无虞，但神色仍然相当凝重。夜里，城市准备启动绞机。

破晓时牵引技师发出信号，无声无息间，城市被牵引向前。我登上峡谷南侧其中一座桥塔，视野比较好，城市的前轮缓缓登上吊桥轨道时，我感受到吊桥链索承压，导致桥塔微微震动。日出的薄薄曙光中，悬索的弧度因承重而加大，轨道本身也因为载重极大，明显下沉。我望向身边的造桥师，他距离我几码远，蹲在桥塔上，全神贯注地看着与悬索相连的载重计。所有在旁看着整个精细作业的人，全都一声不吭，无人移动，仿佛任何细微的干扰都可能破坏此刻的平衡。城市继续往前，一会儿后，整座城市的重量都压在桥轨上。

沉默瞬间被划破。其中一条绞机缆绳断了，碎裂的巨响回荡于峡谷岩壁间，缆绳如挥鞭般扫过一排民兵。整座吊桥结构开始震动，我可以听见城市深处突然松开的绞机哀鸣渐响。操控差动传动轴的牵引技师将其关闭，噪声戛然而止。现在只剩四条缆绳，城市移动的速度明显变慢，但仍持续前进。在峡谷北侧，断裂的缆绳如蛇般摊在地上，蜷曲在五名民兵的尸体旁。

过桥的关键时期已经结束：城市从北侧桥塔移向另一座，开始缓缓滑下斜坡，朝地锚前进。接着，整座城市停了下来，无人开口说话。现场气氛并未放松，没有庆祝的呼喊。在峡谷另一侧，众人将民兵的尸体置于担架上，准备送回城内。城市本身暂时安全了，但还剩下许多工作。渡桥无可避免地耽搁了行程，现在城市落后最适点四英里半。众人拆起后方的轨道，修复断裂的缆绳。吊桥桥塔与悬索被拆解、收起，待日后重复使用。

很快，城市又要启动绞机了……持续向前，持续向北，朝着不知何故永远领先城市数英里的最适点迈进。

第二部

1

赫伍德·曼恩乘着马。他站在马镫上，头抵着高大褐色母马的颈侧，享受驰骋的速度感：风吹过他的头发，马蹄踏过碎土石发出清脆的响声，马的后腿肌肉发达、线条毕露，永远保持警醒，以免绊倒或飞起。他们驰向南方，刚离开一座原始聚落，穿越山脚的丘陵与平原，朝城市前进。一处低丘后方，地球城映入眼帘，赫伍德渐渐减速，引导马儿慢跑并缓缓转向，重新朝向北方。不久后，他们减速至步行。气温越来越高，赫伍德从马背上下来，和马一起走。

他正想着维多利亚。她已经怀孕好几英里了，看起来健康又美丽，医务管理员说目前一切顺利。公会允许赫伍德经常留在城里，他们共度了许多日子。幸运的是，城市目前行经的区域平坦，他深知，假使又必须造另一座桥，或发生任何紧急事件，他与维多利亚相聚的时间就会大为减少。

他正在等实习结束。他工作认真，已经跟着五个公会实习很长一段时间了，除了一个：他自己所属的未来测绘公会。易货商科灵思告诉他学徒实习就快结束了，那天稍晚他与未来测绘师克劳塞维兹会谈，正式讨论他至今的进步状况。赫伍德等不及结束实习。虽然他仍抱有青少年的情感，但根据城里的传统，他已被视为成人。他也为了独当一面投入工作与学习。就算还不明白其背后原因，赫伍德已完全了解城市的优先要务，他已准备好成为正式的公会成员。最近数英里期间，他的身体日益健壮，越显结实，肤色晒成健康的深金色。一天的劳动之后，他不再全身僵硬，他也喜欢上了完成艰辛工作后的满足感。多数带着他工作的公会成员都肯定了他的工作态度，喜欢他的勤快与耐劳。同时，他的家庭生活也逐渐稳定下来，与维多利亚关系亲密。赫伍德在城里渐渐被认作可委以重任的可靠男人，能够保卫城市安全。

特别是易货商科灵思，赫伍德和科灵思合作无间。在自己所属公会以外的公会皆实习完三英里后，赫伍德得以选择其一再进阶实习五英里时间。他马上提出与科灵思一起工作。易货商的工作吸引着他，因为能一窥当地居民的生活。

城市目前行经的区域地势很高，土壤荒芜且贫瘠。聚落零星，而他们前去交涉的聚落，建筑物总是摇摇欲坠，只能彼此相倚，环境极为肮脏，疾病盛行。附近似乎没有任何中央管理单位，聚落各有自己的仪式与组织。聚落居民有时会对他们表示敌意，有时则毫不在乎。

易货商的工作极度仰赖个人判断：评估特定社群的观点与需求，并据此进行交涉。多数时候，交涉都不了了之。这些聚落唯一的共同点就是暮气沉沉。科灵思若能设法使居民产生一丁点兴趣，他们的需求立即变得明显。通常城市都能满足居民的需求。城里组织严明，科技发达，近几英里以来更累积了充足的粮食、药品和化学品库存，也从经验中得知这些居民最迫切的需求。借着提供抗生素、种子、肥料、水质净化器，有时甚至提议协助修复既有设备，易货商便能打下交易的基础。

科灵思试着教赫伍德说西班牙语，但他实在没什么语言天赋。他记得不少词句，在交涉的长篇大论中，却不大派得上用场。

他们与先前离开的聚落刚达成协议，聚落同意派遣二十名男子帮忙从事轨道工作，并从附近另一个规模较小的聚落派遣十人。此外，居民也同意向城里转移五名妇女（赫伍德不确定是志愿或是被胁迫的，他也没有质疑科灵思）。他和科灵思正往城里出发，去取承诺为居民提供的物资，并让各公会做好准备，迎接即将涌入的暂住人口。科灵思要求所有人都得先经过体检，而这会为医务管理员造成极大负担。

赫伍德喜欢在城市北方工作。这将是他的地盘，因为更往上去，最适点北方就是未来测绘公会工作的范围。他常看见未来测绘师骑马向北，消失在城市未来可能行经的遥远大地。他也碰见过自己父亲一两次，两人曾短暂交谈。赫伍德原本希望自己成为学徒后，父子间的局促就会消失，可父亲与他相处时还是同样显得不安。赫伍德暗忖，或许背后并无更深层或幽微的原因了，因为科灵思有次和他聊起未来测绘公会，曾提及他父亲。“不是很容易亲近的人，”科灵思这么说，“认识之后你会发现他是好人，但他总是独来独往。”

半小时后，赫伍德再次上马，沿着他们刚来的路折返。一会儿后，他遇见正在巨石遮阴处休息的科灵思。赫伍德加入他，两人共享食物。为了表达善意，聚落的首领赠送了一大块新鲜乳酪给他们。他俩尝了一些，得以暂时摆脱例行的加工合成食物，他们吃得津津有味。

“他们若吃得到这个，”赫伍德说，“我看不出来为何会需要我们那没味道的鬼东西。”

“别以为这是寻常食物，这可是他们拥有的唯一一块。大概是从别的地方偷来的，我没看到牲口。”

“那为何要送给我们？”

“他们需要我们。”

一会儿后，他们继续往城市前进。两个人都牵着马走，赫伍德既期待回到城市，同时又因为这个阶段的实习即将结束感到不舍。意识到这或许是他与科灵思共处的最后时刻，他埋藏已久、至今仍不时惊扰着他的烦恼又浮上心头。他一直想找个人商量，而城外所有人里，科灵思是他能倾诉这个烦恼的唯一对象。尽管如此，他还是迟疑许久，才终于决定提起这个话题。

“你今天出奇沉默呢。”科灵思突然说道。

“我知道……抱歉。我在思考成为公会成员的事。我不确定自己准备好了。”

“为什么？”

“怎么说呢，总有种模模糊糊的疑虑。”

“想谈谈吗？”

“是的，应该是说……可以吗？”

“有何不可？”

“有些公会成员不愿谈，”赫伍德说，“我刚到城外时感到非常困惑，那时大家总要我别问太多问题。”

“这取决于问题的内容是什么。”科灵思答道。

赫伍德决定放弃为自己辩解。

“有两件事，”他说，“最适点跟公会誓言。我对这两件事都心怀疑虑。”

“这不意外呀，这么多英里来，我和几十个学徒共事过，他们同样对这些事情感到担忧。”

“你会把我想知道的答案告诉我吗？”

科灵思摇摇头：“最适点的事情不行。你必须自己得出答案。”

“可我只知道它会一直往北移动。这是随机发生的事吗？”

“不是……但我不能多谈。我跟你保证，你很快就会得到想要的答案。那誓言又是怎么回事？”

赫伍德沉默了一会儿。

接着他说：“假使你得知我违反了誓言……假使你现在知道了，你会杀了我，是吗？”

“理论上，是的。”

“那实际上呢？”

“我可能会担心个几天，找机会与其他公会成员商量，听听对方的建议。但你没有违反誓言，对吧？”

“我不确定。”

“你最好说清楚点。”

“好吧。”

赫伍德讲起维多利亚一开始问他的各种问题，尽可能简单地带过。科灵思什么也没说，于是赫伍德越讲越细。不一会儿，他发现自己几乎一字不漏地详述了他告诉维多利亚的每件事。讲完时，科灵思说：“我想你没什么好担心的。”

赫伍德顿时松了一口气，可这不足以令纠缠他许久的疑惑烟消云散。

“为什么不？”

“你与自己妻子交谈，并没有造成任何伤害。”

他们边走边谈，其间城市已出现于他们的视野当中，轨道附近照样忙碌。

“但事情没这么简单吧，”赫伍德说，“誓言的用词非常肯定，惩罚更是一点也不轻。”

“确实……可是誓言是现在的公会成员继承而来，誓言本身代代相传，我们再传下去。你以后也会这样做。这不代表公会完全同意誓言的内容，只是没有人想出更好的替代方案。”

“意思是说，公会可能会舍弃誓言吗？”赫伍德问道。

科灵思对他微笑：“我可不是这么说的。城市的历史已久，创始者的名字是弗朗西斯·德斯汀，人们普遍相信誓言是他定下的。根据我们对过往记载的理解，当时人们确实希望如此严格保密。而现在……规则放宽一些了吧。”

“但是公会成员仍然需要起誓。”

“是的，而且我认为誓言仍然有其作用。城里有许多人永远也不会知道外面发生了何事，他们也永远不需要知道。这些人大部分负责城内服务的运营。他们会与城外的人有所接触，例如转移至城内的女性，等等。要是他们畅所欲言，或许城市的秘密就会泄露出去。我们已经和当地居民闹僵了，民兵都叫他们土鬼。要知道，我们城市的存在极为奇特，必须不计代价地保护。”

“我们有危险吗？”

“现在没有，但要是有人暗中破坏，我们马上就会面临极大危险。我们已经不受欢迎了……没必要让不欢迎我们的当地人得知我们的弱点。”

“所以我可以对维多利亚更坦白？”

“你自己判断。她是勒鲁的女儿，不是吗？是个明理的女孩。只要她不对别人说，我看不出有什么问题。但别跟太多人讲太多。”

“我不会的。”赫伍德说。

“还有，别再讲最适点会移动的事了。它不会动。”

赫伍德惊讶地看着科灵思：“别人跟我说它会移动。”

“别人跟你说错了。最适点不会动的。”

“那为何我们永远到不了？”

“偶尔还是到得了，”科灵思说，“但没办法停留太久。地面会往南移动，越离越远。”

2

城市北侧向外延伸的轨道约有一英里。赫伍德和科灵思接近时，看见工人们正要把一条缆绳向外搬，准备与地锚相连。一两天内就要再启动绞机了。

他们牵着马走向轨道，再沿着轨道回城。从北侧进城，唯一入口是城市底下的黑暗隧道。

赫伍德与科灵思一起走到马厩。“再见了，赫伍德。”

赫伍德握住朝他伸出的手，两人郑重地握手道别。

“怎么说得像永别一样。”赫伍德说。

科灵思随意地耸耸肩：“我们可能有一阵子见不到面了。祝你好运，小子。”

“你要去哪里？”

“不是我要离开，而是你。好好照顾自己，尽可能从中有所收获吧。”

赫伍德还来不及回答，科灵思就转身快步走进马厩。霎时，赫伍德还想追上去，但直觉认为这么做于事无补。或许科灵思已经说得比他能透露的更多了。

赫伍德心情复杂，沿着隧道继续走至电梯处，等候梯厢抵达，就直接到第四层去找维多利亚。她不在房间里，因此他下楼到合成物工厂找她。

她现在已经怀孕十八英里了，仍打算尽量继续工作。

见到赫伍德时，她离开工作椅，两人一起回到房间。距离赫伍德预计和未来测绘师克劳塞维兹的面谈还有两小时，他们用闲聊来消磨时间。稍后平台开放，他们便在户外待了一会儿。

约定的时间一到，赫伍德上到第七层，进入公会区域。他现在对这个区域已不再陌生，但因为不常造访，见到资深公会成员和领航员时仍不免心怀赞叹。

克劳塞维兹独自在未来测绘公会等候。赫伍德抵达时，他和善地迎接，招呼赫伍德喝酒。

从未来测绘师办公室的小窗向外眺望，可看见城市北侧。赫伍德看见了前方高地，他前几天还在那附近工作。

“你适应得相当好呢，学徒曼恩。”

“谢谢您。”

“你准备好担任未来测绘师了吗？”

“是的，先生。”

“很好……公会也这么认为，大家对你的评价很高。”

“除了民兵。”赫伍德说。

“这你倒不必担心。民兵生活不是人人都过得惯的。”

赫伍德稍微松了口气，他之前还担心与民兵相处不睦的消息可能传回自己公会。

“今天面谈的目的，”克劳塞维兹继续说，“是让你知道接下来会发生什么事。名义上，你还得跟着我们公会实习三英里，但在我看来那只是技术性问题。不过，在那之前你得先出城一趟。这也是实习训练的一部分，可能会花上不少时间。”

“请问，会离开多久呢？”赫伍德问道。

“难说。至少好几英里吧。短则十英里或十五英里，长则上百英里也有可能。”

“可是维多利亚——”

“是的，我明白她即将生产。孩子预计何时出生呢？”

“大概九英里后。”赫伍德说。

克劳塞维兹皱眉：“真不巧，那时你可能得出城了。这点我们别无选择。”

“不能等孩子出生后再出发吗？”

“很遗憾，不行。你的任务迫在眉睫。你应该已经知道了，我们仰赖易货商转移城外妇女进城。虽然我们希望尽量缩短她们待在城里的时间，但她们至少都还是会待上三十英里。城市与当地居民的协议包括护送妇女安全回到聚落……现在有三名当地妇女正要离开。城里的惯例是让学徒护送，尤其我们现在认为这是训练学徒的重要过程。”

这的确是实习工作所需，赫伍德因而不得不变得更坚定：“先生，恕我直言，我的妻子即将第一次生产，我必须待在她身边。”

“没得商量。”

“要是我拒绝出发呢？”

“我们会再拿出你曾起誓的誓言卡，让你接受违反誓言的惩罚。”

赫伍德张开口，欲言又止。现在显然不是辩证誓言效力的时候。面对赫伍德违抗指令，未来测绘师克劳塞维兹强忍着不发作，脸色转为深粉红色，他坐下来，双手手心朝下按着桌面。因此，赫伍德将想说的话吞回了肚子。他说："先生，希望您再考虑一下。"

"你可以盼望，但我不可能改变安排。你已发誓将城市的安全置于其他所有事物之先，而你的公会训练是关乎城市安全的事务，没你商量的余地。"

"难道不能延迟出发吗？孩子出生后我就能离城了。"

"不能。"克劳塞维兹转身取出一大张纸，上头有着地图和几个清单，列满数字。"这些妇女必须回到她们的聚落去。那些聚落已经距离城市南侧超过四十英里了，再等九英里，等你的妻子生产完，就离城市太远，会很危险。按顺序，你是下个负责护送她们离城的学徒。轮到你就得去，就这么简单。"

"所以没有商量余地了吗，先生？"

"是的。"

赫伍德放下一口也没喝的酒，走向门口。

"赫伍德，等等。"

他在门边停下脚步："若非得离开不可，那我就要去见我的妻子。"

"你还有几天，再过半英里才出发。"

五天。几乎没有时间了。

"所以呢？"赫伍德说，觉得没有继续客套的必要。

"坐下吧，拜托你。"赫伍德不情愿地照办。"别认为我无情……讽刺的是，这趟旅程会让你明白城里为何有那么多看似不合情理的规矩。这就是我们的行事之道，而且我们别无选择，只能被迫接受。我明白你担心……维多利亚，但你必须往下走。若要让你理解城市的处境，没有别的法子了。城市南方的一切即公会誓言和所有野蛮行径产生的根本原因。赫伍德，你受过良好的教育……你曾听过历史上哪个文明为了传宗接代强买妇女的吗？甚至，还在孩子出生后将妇女送回去的？”

“没有，先生。”赫伍德顿了顿，“除了——”

“除了奸淫掳掠的野蛮部落。或许我们稍微文明一些，但我们的行事原则仍然同样野蛮。我们和当地聚落的交易看似公平，却全是我们说了算。我们前去交涉，提出条件，支付报酬后就头也不回地离开。我交付给你的任务你势必得完成，就算是要你在妻子最需要你的时刻抛下她。如此不合情理的命令，只是城里不合情理的行事规则中的冰山一角。”

赫伍德说：“可这两者都不能作为彼此成立的借口。”

“不能……你说得没错。但是你仍必须遵守誓言。不合情理的规则乃源自城市的处境，誓言也由此而生。当你在你自己生命中做出牺牲时，就会更为了解。”

“先生，城市应该改变行事规则才对。”

“你将会明白，那是不可能的。”

“往下走就会明白？”

“不能完全得到解答，但你会了解大部分。”克劳塞维兹站起身，“赫伍德，你做学徒表现得很好。我可以想见未来你继续努力为城市做出贡献。你的妻子既美丽，心地又好，你的人生还有很多可以期待的事。我向你保证，你不必担心自己的性命。据我所知，誓言的惩罚从未实行过，但我坚持你必须履行城市交付给你的义务，不得拖延。我自己也这么做过，你的父亲也是，其他公会成员皆然。就算现在，你也有七名同侪在往下走的路上，他们都是学徒。他们也都面临和你类似的困境，也并非所有人都心甘情愿地出发。”

赫伍德与克劳塞维兹握手，接着去找维多利亚。

3

五天后，赫伍德准备出发。其实他没有真正犹豫过是否成行，但是，要向维多利亚解释可不容易。不过，尽管初闻时大惊失色，她的态度很快就变了。

“你当然得去了，别拿我当借口。”

“那孩子怎么办？”

“我一个人没问题的，”她说，“就算你留下来，又能做什么呢？站在旁边，让大家更紧张吗？医师会好好照顾我的，他们又不是第一次遇到孕妇。”

“可是……你不希望我陪着你吗？”他问道。她伸手握住他的手。

“当然了，”她说，“但是，记得你说过，誓言并没有你原先想的那么严格。虽然你得离开，可你回来时，一切谜团都会解开。我在城里不怕没事做，而且若易货商科灵思说的是真的，你就能告诉我旅途中的所见所闻。”

赫伍德不确定她说这话的意思。一段时日下来，他现在已经习惯向维多利亚倾诉城外的工作与见闻，她也兴致盎然地听着。他不再担心这么做是否有害，倒担心她的兴致是否会消退，尤其因为他告诉她的多是例行公事。

因此，在赫伍德的心里，他不再逃避往下走，反倒越来越为之兴奋。他早已有所耳闻，但多是含糊带过或意有所指的，而由他自己亲身体验的时刻终于到来。杰斯已经往下走了，他说不定会遇到杰斯。他很想再见到杰斯。自从他俩上次见面以来，发生了那么多的事，不过一旦见面，他们还认得出彼此吗？

维多利亚没有来送别。他离开房间时，她仍在床上。前一晚他们温柔地缠绵，半开玩笑地说要相爱到“最后”。吻别时，她紧紧拥抱他。他关上门，好像听见房里传来啜泣声。他顿了顿，犹豫是否应该回去安慰她，片刻后，仍决定出发。他不认为延长痛苦对此有什么帮助。克劳塞维兹站在未来测绘师办公室等他。房间一角，堆着不少装备，桌上摊开一大张地图。克劳塞维兹的态度与上次会面时差距甚大。赫伍德走进房间后，克劳塞维兹领他至桌前，没有开场白，直接开始说明他的任务。

“这是城市南侧的复合地图，以线性比例尺绘制。知道是什么意思吗？”

赫伍德点点头。

“很好。一英寸差不多代表一英里……但这只能代表线性距离。你到时就会知道，这派不上什么用场。然后，城市目前的位置在这里，你要去的聚落在这里。”克劳塞维兹指向地图另一端的几个黑点，“截至今日，那边距离城市四十二英里。你出城后，会发现辨别距离和方向很困难。这时候，我能给你的唯一建议，就像我告诉所有学徒的，就是沿着城市轨道前进。往南走时，这是你和城市唯一的联结，也是回家的唯一方向。你应该能看见铺设枕木和地基留下的凹槽。听懂了吗？”

“是的，先生。”

“你这趟有一个主要任务，就是确保你负责护送的妇女安全抵达她们的村落。任务完成后，立刻出发回城，别耽搁。”

赫伍德在心里计算着。他知道自己步行一英里耗费的时间……短短几分钟。若在炎热天气中，行军一整天，他至少可以走十二英里；考量到同行的妇女可能会拖慢他的速度，再减半。一天走六英里，只需七天就可抵达目的地，回程只需再三至四天。最理想的情况下，他只需要十天就回来了……若以城里估算时间的方式计算，也就是一英里。他突然开始疑惑，为何克劳塞维兹说他会赶不及孩子出生。那天克劳塞维兹是怎么说的？短则可能离开十至十五英里，长则可能上百？一点也不合理。

“你需要想办法测量距离，才能知道你已经抵达目的聚落附近。城市与聚落之间总共有三十四处曾经架设地锚的场址，标示在地图上，就是这些横过轨道的直线。它们应该不难找。虽然我们拆起地锚后又继续铺设轨道，但这些地锚留下的痕迹很好认。记得沿着左外侧的轨道走，因为你朝南往下走，就是最右边那条轨道。聚落到时会在轨道这一侧。”

“那些妇女应该会认得自己的村落吧？”赫伍德说。

“没错。好了……再来是你的装备。都在这里了，别以为有哪个不用带，我建议你都带去。我们的经验丰富。这些你都清楚了吗？”

赫伍德再次确认了解。他和克劳塞维兹一一检查装备。一个背包里只放了脱水合成食物与两大壶水，另一个背包里则放了帐篷与四个睡袋。此外还有一捆粗绳、一个爪钩、一双金属钉底靴和一把折叠十字弓。

“有什么问题吗，赫伍德？”

“应该没有，先生。”

“你确定吗？”

赫伍德再详细检视装备。这么多行李，除非让同行妇女帮忙分担，否则就是重担。而看到那么多干燥食物，他的胃又开始翻搅不停……

“先生，我不能沿路找食物吃吗？”他说，“我总觉得合成食物食之无味。”

“建议你除了身上带的粮食，其他什么也别吃。若需要，你可以沿路补充饮用水，但务必是流动的活水。城市离开你的视线范围后，别吃当地长出的任何东西，吃了会生病的，不相信可以试试。当年我往下走时吃了，病了两天。我现在跟你说的可不是什么虚无缥缈的理论，都是扎扎实实的经验。”

“但我们在城里也吃当地食物啊。”

“可城市很接近最适点。你到时会在最适点南边很远很远。”

“那也会影响食物吗，先生？”

“是的。还有什么其他问题吗？”

“没有，先生。”

“很好。你出发前，还有人想见见你。”

他指向房里另一扇门，赫伍德走了进去。那是间更小的房间，赫伍德的父亲正在里头等他。

赫伍德的第一反应是惊讶，接着是不可置信。他上次见到父亲，还是不到十天前，那时父亲正乘马往北。在这短短时间内，赫伍德发现父亲突然大为衰老。他走进房后，父亲站起身，无力地撑着扶手，颤颤巍巍地保持平衡。他痛苦地转身面向赫伍德。他全身上下看来都是个老人：驼着背，衣服松垮垮地挂在身上，伸向前的手抖个不停。

“赫伍德！儿子，你好吗？”

他的举止也变了，赫伍德习以为常的羞怯不再。

“父亲……你好吗？”

“我很好呀，儿子。现在得休息休息啰，医师的嘱咐。我太常去北方了。”他又坐下，赫伍德不自觉地上前去搀扶。“他们说你要往下走了，是吗？”

“是的，父亲。”

“小心点啊，儿子。下头有很多事情值得你深思。和上面不同……那里是我的归宿。”

克劳塞维兹跟着赫伍德进房，站在门边。

“赫伍德，我得告诉你，你父亲刚注射了药物。”

赫伍德转过来。

“什么意思？”他问道。

“他昨晚回城，说胸痛，诊断出是心绞痛，所以医师给了他止痛药。他该卧床休息了。”

“好。我不会耽搁太久的。”

赫伍德跪在座椅旁。“父亲，你感觉好些了吗？”他问道。

“跟你说过……我很好呀。别担心我了。维多利亚还好吗？”

“她不会有事的。”

“维多利亚真是个好女孩。”

“我会叫她来探望你。”赫伍德说。见到父亲如此状况，他感觉很糟。他从未想过父亲竟然老得这么快——他们明明几天前才见过，那时可不是这样的。这期间父亲发生了什么事？他们又多谈了几分钟，可父亲的注意力越来越涣散。最后，父亲闭起双眼，赫伍德站起身。

“我去叫医务人员过来。”克劳塞维兹匆匆离房。几分钟后，他带着两位医务管理员一起。他们轻轻地将老人抬起，送出门廊，彼端有一台挂着白色帘幕的轮椅已在等候。

“他会有事吗？”赫伍德问道。

“我们会好好照顾他，其他的就说不准了。”

“他看起来好老。”赫伍德不假思索地说。克劳塞维兹也是老人，看起来却明显比他父亲更健康。

“职业病。”克劳塞维兹说。

赫伍德锐利地看向他，可他没有再多做说明。克劳塞维兹拿起钉底靴，推至赫伍德面前。

“来……试穿一下这个。”他说。

“我父亲……能不能请您让维多利亚去探望他？”

“别担心，由我处理就好。”

4

赫伍德搭电梯至第二层，背包与装备堆在他身旁。梯厢停下，他用钥匙开锁，按下开门键，根据克劳塞维兹的指示走向其中一间房。房里共有四女一男等着他。进房后，赫伍德发现只有一男一女是城里的管理员。

他们将他介绍给其他三名女子。她们只瞄了他一眼就看向他处，表情仿佛强忍敌意，只因冷淡而没有特别表现出来——直至此刻之前，赫伍德自己也怀着同样一股漠不关心的情绪。进房前，他完全没想过这些妇女会是什么样的人，也未曾猜想过她们的外表。这不是说他认得她们，只是，听克劳塞维兹提起时，赫伍德心中所想的是他与易货商科灵思造访北方聚落时见过的妇女。那些妇女通常面容枯槁，双眼凹陷于颧骨上方，手臂瘦如柴，胸前平坦。身着的就算不是破布，也都污秽不堪，蝇虫在脸旁飞舞。城外村落的妇女看起来总是悲惨而不幸。

这三名女子看起来与他印象中的截然不同。她们身着整洁合身的城市服装，头发干净、剪得整整齐齐，身体丰满圆润，双眼清澈。当赫伍德发现她们都相当年轻，不比他大上多少时，更几乎掩饰不了自己的惊讶。城里的人谈及这些被卖来的女子，都像在形容成年妇女……但事实上她们只是少女。

他晓得自己在紧盯着她们，可这些女子却对他不屑一顾。他最为之震撼的，是想到她们曾经也像他在北方聚落里看到的妇女那样骨瘦如柴，被带进城后，她们暂时恢复了健康与美貌，要不是她们出身贫困，这本应是她们的真实样貌。

女性管理员为他简单介绍了这些女子的背景。她们分别叫罗莎莉欧、卡特琳娜和露西亚，都会说一点英语。每个人都在城里待了超过四十英里，各产下一个婴儿。总共有两个男婴，一个女婴。露西亚产下其中一个男婴，不想带走孩子，因此把孩子留在城里，让他在育幼园长大。罗莎莉欧选择带走儿子，与她一起回到聚落。至于卡特琳娜，她别无选择……不过，她也没有对失去女儿流露出任何情绪。

管理员解释，因为罗莎莉欧还在哺乳，她要求多少奶粉，都要照办。至于其他两人，就分配和他自己等量的食物。

赫伍德试着对三名女孩露出善意的微笑，她们却没注意到。当他试图端详罗莎莉欧的宝宝时，她转身背对他，执着地护住婴儿。

该交代的都交代完了。三名女孩拎着简单的行李，他们沿着走廊走至电梯，挤进梯厢，赫伍德按下抵达最底层的按钮。

女孩们继续忽略他，径自以自己的语言交谈。梯厢打开，抵达城市底下的黑暗隧道时，赫伍德手忙脚乱地把装备搬出电梯。女孩中没有人帮忙，只是旁观，露出幸灾乐祸的表情。赫伍德艰难地背起好几袋行李，蹒跚地走向南侧出口。

城外阳光灿烂刺目。他放下行李，环视四周。

他回城后，绞机又将城市牵引向前了，现在轨道工班正在拆除轨道。女孩们以手遮阳，望向工人。这大概是她们进城后第一次看到城外光景。

罗莎莉欧怀里的宝宝开始哭。

“你们可以帮我吗？”赫伍德问道，指向粮食与装备。女孩们没有听懂，瞪着他看。“我们必须一起分担。”

她们仍无回应，于是他蹲在地上，打开装着粮食的背包。他觉得要罗莎莉欧背更多行李并不合理，因此将粮食分成三等份，把其中两份各交给另外两个女孩，再继续整理其他行李。露西亚和卡特琳娜不情愿地从手提箱里挪出空间，放进粮食。长长的粗绳是赫伍德所有装备中最麻烦的，因此他设法把它捆得更紧，塞进背包。至于爪钩与岩钉，则被他收进装着帐篷与睡袋的背包。他的行囊虽然比之前轻不了多少，但终于比较容易携带。尽管克劳塞维兹嘱咐过，但舍弃掉多数装备的想法仍诱惑着赫伍德。

婴儿还在哭，罗莎莉欧看起来毫不在意。

“走吧。”他说，对三人感到有些恼怒。他沿平行轨道向南出发，一会儿后她们也跟上。她们聚在一起，与他保持着几码距离。

赫伍德试着保持一定步调，可是不出一小时，他就发现原先估算的时间过于乐观。三个女孩移动缓慢，大声抱怨气温炎热、地面难走。确实，城里给她们的鞋子不适合穿越这么崎岖的地区，但他也同样为高温所苦。再说，他身穿制服，又背着一大堆装备，更觉得炎热难耐。

城市仍在他们视线范围内，太阳还未升至最高，而婴儿依然哭个不停。他至今唯一觉得开心的是能与穆恰斯金短短聊上几句。轨道技师很高兴见到他（还是对手下的工人有诸多抱怨），祝赫伍德路程顺利。

不出所料，女孩们没有停下来等赫伍德。他只停下来和穆恰斯金交谈不到一两分钟，就得赶去追在她们身后。

现在他决定休息了。

“可以让他别再哭了吗？”他对罗莎莉欧说。

女孩瞪视他，朝地面坐下。

“好吧，”她说，“我喂他。”

她以抗拒的眼神瞪着他，另外两个女孩护卫在侧。赫伍德明白了，退至一段距离外，背过身子让罗莎莉欧哺乳。

一会儿后，他打开水壶，传向其他人。那天特别热，他的心情不比女孩们好多少。他脱下制服外套，披在背包上，尽管这让行李背带勒得更紧，但至少能凉爽一些。

他迫不及待地继续前进。婴儿睡着了，两个女孩用睡袋凑合做吊床，一起提着婴儿。赫伍德必须帮她们拎手提箱，虽然负担变得更重，但能够换来片刻宁静，他心甘情愿。

他们走了半小时才再次休息。这时，他已经满身大汗，想到女孩们同样热得难受，心里也不好过。

他抬头望向太阳，几乎日正当中。附近有一块突出的岩石，他走去坐在阴影下。女孩们跟随在后，仍用西班牙语向彼此抱怨。赫伍德后悔没有更努力学西班牙语，他偶尔能听懂一两句，只够听出主要箭靶是自己。

他打开一包脱水食物，用水壶的水沾湿，一坨灰色、尝起来像馊水的汤粥随之出现。女孩们对此又冒出诸多抱怨，奇怪的是，他竟然感到愉快——她们这次的怨言颇为正当，但他可不会显露心迹，才不会让她们如意呢。

婴儿还在睡，但因为炎热睡得并不安稳。赫伍德猜想，他们若继续移动恐怕会吵醒婴儿，因此女孩们躺在地上睡午觉时，他没有设法阻止。

女孩们休息时，赫伍德回望城市，城市仍在视野当中，仅一二英里远。他发现自己并未注意地锚痕迹的位置，他们目前应该只经过了一个。他回想克劳塞维兹所言，渐渐明白地锚会在地表留下清晰痕迹的含义。他想起来，他们停下休息前数分钟才经过此处。枕木留下的痕迹是五英尺长、十二英寸宽的浅槽，而固定缆绳的地锚则是极深的坑洞，被翻起的土石包围。

他在心里划去第一处地锚。还有三十七处。

尽管进度缓慢，他仍认为应该赶得上自己的孩子出生。等到他护送女孩们回到聚落，无论多么辛苦，他都能加速赶路。

他决定让女孩们休息一小时，估计时间差不多了，他起身，站在她们身旁。

卡特琳娜睁开眼，看向他。

“走了，”他说，“该出发了。”

“太热了。”

“太不巧了，”他说，“我们得继续赶路。”

她站起身，轻轻地伸展四肢，向另外两人说话。她们同样不情愿地起身，罗莎莉欧前去确认婴儿状况。她唤醒宝宝，这让赫伍德不是很高兴，幸好婴儿没有继续哭闹。赫伍德随即把卡特琳娜和露西亚的手提箱还给她们，提起自己的行李。

离开遮阴处，强烈的阳光照射着他们，几秒内，因休息而恢复的精神就消失殆尽。他们才走没几码，罗莎莉欧便将婴儿交给露西亚。

她掉头往岩石处走，消失于他们身后。赫伍德正要开口问她去哪儿了，却恍然大悟。她回来时，换露西亚去，又换卡特琳娜去。赫伍德又感到怒火中烧。她们在故意拖慢他。他感受到自己的膀胱传来压力，明白女孩们消失的原因，更使尿意加剧。但他的愤怒和自尊不许自己也去小便。他决定晚点再说。

一行人继续步行向前。女孩们现在已抛下城里人常穿的外套，剩下衣裤。布料薄透，被汗濡湿，紧贴她们的身体。赫伍德注意到此事，毫无反应，暗忖若情况不同，他想必会对眼前情景更感兴趣。目前，他只想到这些女孩都比维多利亚丰满，尤其是罗莎莉欧，巨峰悬垂，乳头突出。一会儿后，想必女孩当中有人注意到了他不时飘移的目光，因为三人很快把外套抱在胸前。赫伍德无所谓——他只想摆脱她们。

“我们，水？”露西亚走向他说。

他在背包里翻找，将水壶递给她。她喝了些水，沾湿手掌，轻拍自己的脸和颈部。罗莎莉欧和卡特琳娜也这么做。看见水又听到水声，令赫伍德的膀胱再次抗议起来。他环视四周，毫无遮蔽，于是他走到几码外，对着泥土解手。他听见背后咯咯笑的声音。

回来时，卡特琳娜将水壶递给他。他接过来，举至唇边。卡特琳娜突然从底下打翻水壶，水泼进他的鼻眼。他呛着时，女孩们哄然大笑。婴儿又开始哭泣。

5

入夜前，他们又经过两处地锚留下的痕迹，然后赫伍德决定扎营过夜。他在轨道痕二百至三百码之外的一处树丛旁扎营。附近有一条小溪，测试后（除了自己的味蕾，赫伍德并无其他测量仪器）宣布水质可以饮用，并装满水壶。

帐篷架设相对简单，他独自搭起来，女孩们帮忙收尾。帐篷架好后，他把睡袋摆进去，罗莎莉欧到帐篷里喂奶。

婴儿再次入睡，露西亚帮着赫伍德准备合成食物。这次是橘黄色的汤，味道一样差。用餐时日落了。赫伍德升起一小堆营火，可一会儿后又吹起东风，变得很冷，最后，他们只能躺进帐篷里的睡袋中保暖。

赫伍德试着和女孩们聊天，可她们不是不予回应，就是咯咯笑，或用西班牙语彼此说笑，因此他很快便放弃了。装备背包里有几支小蜡烛，赫伍德衬着烛光躺了一两个小时，想着这样毫无意义的任务究竟能为城市带来何种好处。

他最后终于入睡，整夜被婴儿哭声吵醒了两次。一次，他映着帐篷外的微光认出罗莎莉欧的身影，她坐在睡袋中哺乳。

他们醒得很早，尽早出发。赫伍德不确定发生了何事，但女孩们今天的心情明显不同。行进时，卡特琳娜和露西亚唱着歌，第一次休息喝水时，她们又试着朝他泼水。他为了闪避而后退，却因地面不平被绊倒，又被泼了一身。女孩们看他呛水，乐不可支。只有罗莎莉欧保持距离，不顾露西亚和卡特琳娜渐渐与他亲近，仍刻意忽略他。他不喜欢被捉弄（因为不知道该怎么回应），但他宁可如此，也不愿面对前一天那种气氛。

随着时间推进，气温渐升，气氛不再那么拘谨。三个女孩都脱下外套，再次休息时，露西亚解开上衣的两个纽扣，卡特琳娜则完全解开，在腹部打了个结。这时，赫伍德无法再忽略她们这么做对他的影响。随着众人越来越熟稔，气氛更为轻松。即使是罗莎莉欧，也不再每次哺乳时都转身背向他。

他们又迎来一片林地，缓解炎热。赫伍德还记得他几英里前才在这儿协助轨道技师清理地表。他们在阴影中坐下，等着度过最热的时刻。

现在他们已经过了五处地锚的痕迹，还剩三十三处。赫伍德对进展缓慢的挫折感渐渐消散。他慢慢意识到，就算只有他一人，也不太可能行进得更快：地面过于崎岖，日照过于猛烈。

他决定在树荫底下再等两小时。罗莎莉欧移至离他稍远处，逗弄宝宝。卡特琳娜和露西亚一起坐在树下。她们脱下鞋子，轻声交谈。赫伍德闭上眼，几分钟后开始变得焦躁。他径自走出林地至城市行经的四条轨道痕迹处。他上上下下地仔细检视：轨道痕迹笔直且切实，随着地势高低起伏，方向却维持不变。

他在原地站了一会儿，暂时享受独处，暗自希望天气有所变化，飘来云层，即使片刻也好。他在内心斗争，或许白天休息、夜里赶路比较好，最后判定整体而言风险太高。

他正要回到林地，突然察觉南方一英里外有些动静。赫伍德瞬间绷紧神经，伏地躲在树桩后方。他静静等待。

不一会儿，他又看见了：有人沿着轨道行进，朝他而来。

赫伍德想起收在背包里的十字弓……可已经来不及回去拿。树桩旁一至二码处有一丛矮灌木，他缓缓地匍匐至灌木丛后方，希望不会被发现。

那个身影仍不停向前，几分钟后赫伍德惊讶地发现对方身穿公会学徒制服。一时之间他想从躲藏处现身，但压抑住了冲动，留在原地。

那人距离不到五十五码时，赫伍德认出他来。那是托罗德·佩尔罕，比他大了几英里，已经离开育幼园好一阵子了。

赫伍德站起，走向他。

“托罗德！”

佩尔罕瞬间戒备起来。他朝赫伍德举起十字弓，接着缓缓放下。

“托罗德……是我，赫伍德·曼恩。”

“天哪，你怎么会在这里？”

他们对视大笑，想起两人在这儿的原因相同。

“你长大了好多，”佩尔罕说，“我上次见到你时你还只是个孩子呢。”

“你往下走过了吗？”赫伍德问道。

“对。”佩尔罕望向赫伍德身后朝北的轨道痕迹。

“如何？”

“和我想的不同。”

“下面有什么？”赫伍德问道。

“你已经在往下走了，还没感觉到吗？”

“感觉到什么？”

佩尔罕望向他半晌：“在这里还不严重，但你应该已经感觉到了。可能还搞不清楚缘由，越往南变化得越快。”

“什么变化？你像在打哑谜似的。”

“不……我只是很难解释。”佩尔罕又望向北方，“城市离这里很近了吗？”

“几英里吧，不远。”

“城市发生什么事了？他们找到行进更快的方法了吗？我才离开一下子，城市移动的距离却比我估计的远好多。”

“它移动的速度和平常差不多。”

“这附近有一条溪流，上面有造桥的痕迹。那是何时造的？”

“大概九英里以前。”

佩尔罕摇头：“这不合理。”

“你只是弄不清楚时间而已。”

佩尔罕突然咧嘴微笑：“我想是的。听着，你自己一个人吗？”

“不，”赫伍德答道，“我带着三个女孩同行。”

“她们怎么样？”

“还行吧，一开始有点难相处，但我们现在比较熟了。”

“长得好看吗？”

“不差。过来看看。”

赫伍德带路回到林地看得见女孩们的地方。

佩尔罕吹了声口哨：“嘿！很不错嘛。你有没有……你知道的？”

“没有。”

他们走回轨道旁。

佩尔罕问道："你有打算试试吗？"

"我不确定。"

"听我一句，赫伍德……若你有那个意思，快点行动，不然就太迟了。"

"什么意思？"

"你以后就知道了。"

佩尔罕对他粲然一笑，接着继续往北走。

对于佩尔罕暗示的事，无论赫伍德有什么想法和意图，都立即消散了。罗莎莉欧在出发前喂完宝宝，但他们没走几步，孩子突然开始吐。

罗莎莉欧将婴儿紧紧抱着，轻声抚慰，除此之外无计可施。露西亚陪着她，同情地和她说话。赫伍德很担心，孩子病得太严重，他们别无选择，得回头往城市去。不过，一会儿后，婴儿停止干呕，号啕大哭一阵之后渐渐安静下来。

"你想继续走吗？"赫伍德向罗莎莉欧问道。

她无助地耸耸肩："是。"

他们慢慢地步行前进。气温居高不下，赫伍德询问女孩们是否需要休息，连问好几次，她们都说不用。赫伍德注意到四人之间起了微妙变化，仿佛这次小小的悲剧将四人拉得更近。

"我们今晚扎营，"赫伍德说，"明天休息一天。"

众人同意。稍后罗莎莉欧哺乳时，婴儿没再继续吐。

入夜前，他们经过出发至今最崎岖陡峭的路段，接着，之前为造桥师带来不少麻烦的峡谷突然映入眼帘。现在已经看不太出来吊桥原先的位置，但峡谷这一侧的地面，仍可看见桥塔的地基处，有两个明显的痕迹。

赫伍德记得谷底的溪流北侧有一块平地，便领路往下。

罗莎莉欧和露西亚忙着照顾婴儿，卡特琳娜则帮赫伍德搭起帐篷。他们将四个睡袋摆进帐篷时，卡特琳娜突然用手抚着他的颈子，朝他脸颊轻轻一吻。

他向她微笑："怎么了？"

"你对罗莎莉欧好。"

赫伍德不动，心想或许还能再得一吻，但卡特琳娜爬出帐篷，叫唤其他人。

婴儿看起来好些了，被放进帐篷的临时婴儿床后安稳入睡。罗莎莉欧完全没有提及婴儿的事，但赫伍德看得出来她没那么担心了。或许是受风了吧。

那晚比前晚温暖许多，晚餐后他们仍在帐篷外待了一阵。露西亚的脚不舒服，不停地揉，其他女孩也显得相当在意。她让赫伍德看她脚趾外侧磨出许多厚茧。另外两人也喊脚疼，女孩们仔细端详彼此的脚，来回讨论。

"明天，"露西亚说，"不要鞋子！"

似乎就这么说定了。

女孩们爬进帐篷时，赫伍德在外头等。前一晚很冷，他们全都穿着外衣入睡；今晚温暖而潮湿，似乎不可能再这么做。由于怕羞，赫伍德决定继续穿着外衣，睡在睡袋上而不是里面。对女孩们的兴趣愈加浓厚，不禁令他遐想她们打算如何。几分钟后他爬进帐篷。蜡烛仍亮着。

三个女孩各自裹在睡袋里，但赫伍德看见女孩们脱下的衣物堆在一旁。他什么也没说，吹熄蜡烛，在黑暗中笨拙地解衣，跌跌撞撞。他躺下，却无法不注意卡特琳娜的睡袋离他很近。他清醒地躺了许久，试图摆脱猛烈燃起的欲望。他感觉维多利亚离他很远很远。

6

他醒来已是白天。原本赫伍德试着在睡袋里穿衣，但徒劳无功，只好裸身爬出帐篷，匆忙地在外头穿衣。他点起营火，把水加热，准备煮合成茶。此时谷底已经很温暖了，赫伍德犹豫是否该继续前进，还是像他先前承诺的再休息一天。

水烧开，他啜饮茶水。他听见帐篷里传出动静。不一会儿卡特琳娜爬出帐篷，经过他，走向溪流。

赫伍德盯着她的背影：她只穿着上衣和裤子，上衣纽扣全开，随风飘扬。卡特琳娜到水边时，转身对他挥手。

“过来！”她喊道。

赫伍德毫不犹豫地加入。他朝她走去，因为穿着制服与钉底靴而行动不便。

“我们游泳？”她问道，没等赫伍德应答，便褪下衣裤，走进溪水中。赫伍德回头瞄向帐篷：没有动静。

几秒后他脱衣，朝她走进浅水中。她转身面向他，笑着看她所勾起的反应。她朝赫伍德泼水，又转身走远。赫伍德朝她一跃，双手环抱她……两人侧身跌至水中。

卡特琳娜扭着摆脱赫伍德的双臂站起。她在浅水中跳着跑开，水花四溅。赫伍德跟过去，在溪岸边追上卡特琳娜。她表情正经，环抱他的脖子，把他的脸拉向自己。他们拥吻一阵，匆忙地爬上岸，滚进岸边的长草堆。两人一起躺着，又开始深深亲吻。

两人放开彼此，穿衣，回到帐篷时，罗莎莉欧和露西亚已经在吃橘黄色的汤粥。她们什么也没说，不过赫伍德瞥见露西亚朝卡特琳娜微笑。

半小时后，婴儿又吐了。罗莎莉欧担忧地抱着婴儿，突然间，她把婴儿塞进露西亚的臂弯后跑走。几秒后，众人能听见她在溪边呕吐的声音。

赫伍德向卡特琳娜问道："你也不舒服吗？"

"没有。"

赫伍德嗅了嗅他们的食物。闻起来很正常。不是很美味，但也没有腐败。几分钟后，露西亚脸色变得非常苍白，抱怨肚子很痛。

卡特琳娜摇摇晃晃地离开了帐篷。

赫伍德仿佛已穷途末路。现在看来，唯一的解决方法就是回城市。如果他们的粮食已经腐败，接下来的路程该怎么办?

一会儿后，罗莎莉欧回到营地。她看起来苍白虚弱，在遮阴处坐下。露西亚从水壶里给了她一些水。露西亚自己也很苍白，仍抱着肚子，婴儿仍在哭叫。面对眼前的情景，赫伍德手足无措，不知该怎么办。

他跑去找卡特琳娜，她似乎无恙，不受影响。

走了约一百码，赫伍德在峡谷里遇上她。卡特琳娜正往营地走，怀里抱着一堆苹果，她说是在林地找到的野果。苹果看起来鲜红欲滴，赫伍德尝了一口，甜而多汁……这时他想起克劳塞维兹的叮咛。他理智上觉得克劳塞维兹说错了，但还是不情愿地把手里的苹果还给卡特琳娜，她吃个精光。

他们就着营火烤苹果，捣成泥，一小口一小口地喂给宝宝。这次孩子没再吐了，发出愉快的声响。罗莎莉欧还太虚弱，无法照顾孩子，卡特琳娜便把婴儿放到床上，没几分钟婴儿就入睡了。

露西亚没有吐，但是肚子痛了整个早上。罗莎莉欧恢复得比较快，吃了一个苹果。

赫伍德把剩下的橘黄色合成食物吃完，之后并没有感到不舒服。

那天稍晚，赫伍德爬至溪流上方，沿着北侧走。几英里前，在同一个地方，城市为了越过峡谷损失数条人命。他对此处风景仍非常熟悉，虽然当时架设的设备多数都已收起，但因为为了造桥没日没夜地工作，那时的记忆还相当鲜明。他望向南侧，原本吊桥所在地。

两侧间隔好像没有印象中那么宽，峡谷也显得没那么陡峭。或许当时他太过兴奋，因此峡谷在印象中反而特别险峻？

不是吧……峡谷之前确实更宽呀？

他记得，城市渡桥时，吊桥的轨道至少有六十码长。现在看来，吊桥连接的两端只相距约十码。

赫伍德站在那儿，盯着对面，久久不动，无法理清其中矛盾。接着，他想到一个办法。

吊桥工程规格严谨，他参与桥塔的建造，工作了许多天。赫伍德确知为了让城市顺利通过，峡谷两侧各两座桥塔彼此的间距完全相同。

都是一百三十英尺，也就是四十步。

他从北侧其中一座桥塔的位置走向另一座，计数为五十八步。

他回头，再试一次：这次数了六十步。第三次他试着跨更大的步：五十五步。

他站在峡谷边，瞪视谷底的溪流。他还清楚地记得造桥时溪流有多深。那时他站在同一个位置，谷底看起来深得可怕；现在他却能轻松爬下，抵达他们扎营处。

他想起另一件事，朝北走向当时铺设斜坡、让城市沿着坡轨回到地面的位置。四条轨道的痕迹仍清晰可见，平行地朝北延伸。

若桥塔现在的距离比先前更远，那轨道之间的距离有变化吗？

长时间与穆恰斯金一起工作，赫伍德清楚记得轨道和枕木的一切细节。轨道间距是三英尺半，下方的枕木为五英尺长。看着枕木原先的位置，他感觉眼前的痕迹比五英尺长多了。他大略估算，看起来至少有七英尺长，深度也比原先更浅。可是，他深知这并不可能：城市一向使用标准尺寸枕木，所以他们掘出的凹槽总是差不多大小。

为了证实自己所见，他反复确认好几次，发现所有的枕木痕迹都比原本长了至少两英尺。

间距也太窄了。工班铺设枕木的间隔为四英尺，可眼前的间距甚至不到十八英寸。

赫伍德又估量了好几分钟，接着爬下峡谷，渡过溪流（现在看来比之前更窄、更浅），攀上峡谷南侧。

这一侧的轨道痕迹，计算起来也和他所知差异甚大。

他满腹狐疑地回到营地，不免忧心起来。

女孩们看起来都已恢复健康，可是婴儿又吐了。女孩们说，她们都吃了卡特琳娜找到的苹果。他切开一个，仔细端详，实在看不出与他以前吃过的苹果有任何差别。想尝一口的诱惑再起，不过他忍住了，把苹果递给露西亚。

然后他灵光一闪。

克劳塞维兹警告他别吃当地食物，大概因为他是城里出生的。克劳塞维兹说，当城市位于最适点附近时可以吃当地食物，可是这里距离最适点南边好几英里，就可能出问题。若他只吃城里带来的食物，就不会生病。

但女孩们并不是城里出生的。或许这是她们吃了他带的粮食却生病的原因？城市位于最适点附近时，她们能吃城里的食物、不会生病，可现在就不同了。

这样想来好像有些道理，但还有一个问题：罗莎莉欧的孩子。除了几口苹果泥，孩子除了母乳，什么也没吃。母乳总不会对他造成伤害吧？

他随罗莎莉欧去探望宝宝。婴儿躺在床上，泪湿的脸涨红。目前宝宝没再继续哭，只是虚弱地摆动四肢。赫伍德心怀不忍，琢磨还能为这小东西做点什么。

帐篷外，露西亚和卡特琳娜心情很好。赫伍德离开帐篷时，她们试着与他攀谈，但他径自经过她们，在溪旁坐下。他正在琢磨自己刚冒出的主意。

宝宝目前大多只吃母乳……难道他的母亲现在离最适点太远，所以母乳变得不同了？她不是城里出生，可婴儿是。难道这就是差别所在？但还是有些不合理……孩子可是从母亲的身体里生下的呀？……但再怎么说，这个假设仍有可能为真。

他回到营地，拿了干粮和奶粉，确定只用从城里带来的水，准备了些合成食物和奶，交给罗莎莉欧，要她拿去喂婴儿。

她一开始颇为抗拒，但后来让步了。婴儿吃下，没吐，两小时后再次酣然入睡。

白天过得缓慢。谷底溪流边，空气暖而迟滞，赫伍德的挫折感再次浮现。他了解到，若他的假设为真，这表示他不能再与女孩们分享食物。可是他们还得走三十多英里，只吃苹果可活不了。

那天稍晚，赫伍德说出自己的想法，建议女孩们从此只吃一小部分他带来的粮食，尽量在附近觅食果腹。她们看来有些困惑，仍同意了。

闷热的下午无止尽，女孩们感受到赫伍德的不安。她们开始笑闹，开赫伍德厚重制服的玩笑。卡特琳娜说要再去游泳，露西亚也跟上。她们在他眼前解衣，更调皮地帮赫伍德脱下制服。他们裸身在溪水中玩耍了好一会儿，水花四溅，后来连罗莎莉欧也加入，她对赫伍德不再充满戒心。

那天余下的时间，他们全躺在帐篷旁的地上晒日光浴。

夜里，赫伍德正要进帐篷，露西亚拉着他的手，领他离开营地。她激情地同他做爱，紧抱着他，仿佛他是她唯一要紧的事物。

次日早晨，赫伍德感受到露西亚与卡特琳娜间的嫉妒越来越深，决定尽早拔营。

他领着女孩们穿过溪流，爬上南岸高地。沿着左外侧轨道，他们继续向前。赫伍德对周遭地形非常熟悉，因为他第一次出城工作时，城市就在这附近。前方再往南两英里，就是他第一次目睹绞机启动时城市所翻越的山脊。

那天早晨他们停下休息时，赫伍德想起西边两英里外有一个小型当地聚落。他想到，若他们能从聚落那边取得一些食物，女孩们的粮食便有了着落。他向她们如此提议。

接下来的问题是，该由谁去呢？他觉得这是自己的职责，但因为语言不通，其中一名女孩得陪同。他不想只留一人照顾婴儿，但若他选择卡特琳娜或露西亚，被留下的人可能会更为嫉妒。最后，他提议由罗莎莉欧陪他去。从女孩们的反应看来，赫伍德觉得自己做了正确的选择。

他们往赫伍德印象中的方向前进，很快便找到聚落。罗莎莉欧与三名村里的男人交涉许久，他们最后得到一些肉干和新鲜蔬菜。一切进行得相当顺利，赫伍德不禁想知道她是怎么说服他们的。不一会儿，他们便启程往回走。

走在罗莎莉欧后方几码处，赫伍德注意到眼前女孩的变化，他先前并未察觉。

罗莎莉欧的身材比另外两名女孩厚实，双臂与脸庞浑圆。她确实比较丰满，但赫伍德突然觉得这点特别明显。他先是不经意地察觉，后来更为仔细地观察，他发觉罗莎丽欧的上衣很紧，背部布料快要绷开。但之前衣服可没这么紧……城里提供的衣物都相当合身。接着赫伍德也注意到她的裤子：臀部很紧，罗莎莉欧走路时，裤管却拖在地上。确实，她没穿鞋，可他从未记得裤管有这么长。

他追上罗莎莉欧，与她并行。

上衣紧紧绷住她的胸部，袖子也过长。而且罗莎莉欧看起来比他记得的更矮，甚至比前一天更矮了……

与其他人会合时，赫伍德发现另外两位女孩的衣裤也都变得不合身了。卡特琳娜将上衣打结，露西亚的衣襟虽是扣上的，纽扣间的布料却快要崩开。

他试着不再想这件事，但他们越往南走，差异就越来越明显，景象越显滑稽。弯身照顾婴儿时，罗莎莉欧的裤子从臀部处裂开。露西亚拿着水壶就口喝水时，上衣纽扣爆开一颗。卡特琳娜的上衣则从腋下缝线处裂开。

再沿着轨道前进一英里，露西亚又丢了两颗纽扣。她的上衣现在前襟敞开，因此和卡特琳娜一样在腹部打了个结。三名女孩全都卷起裤管了，她们看起来相当难受。

赫伍德决定在山脊的背风坡休息扎营。用完餐，女孩们脱下满是破绽的衣裤，进了帐篷。她们对赫伍德身穿的衣服开玩笑：怎么没有裂开呢？他独自坐在帐篷外，还不想睡，也不想和女孩们一起待着。

婴儿哭了起来，罗莎莉欧从帐篷里出来拿食物。赫伍德对她说话，但她没有回答。他看着罗莎莉欧把水加到奶粉中，以完全不带性欲的眼神看着她的裸体。他前一天看过她的裸体，确定当时所见与现在不同。她前一天几乎和他差不多高，现在她看起来更矮、更为臃肿。

“罗莎莉欧，卡特琳娜还醒着吗？”

她不语，点点头，又进了帐篷。一会儿后，卡特琳娜从帐篷里出来，赫伍德站起身。

他们面对面，映着营火。卡特琳娜什么也没说，赫伍德也想不到该说什么。

她看起来也不同了。一会儿后，露西亚也加入他们，站在卡特琳娜身旁。

他现在终于确定了。今天某一时刻，女孩们的外表都变了。

他望向她们俩。昨天在溪旁，她们的裸体看起来修长而轻盈，双峰浑圆饱满。

现在她们的四肢变得短而粗。肩臀变宽，胸部不再圆挺，反而变大、变扁。两人的脸庞也变得更圆，脖子变短。

她们俩朝他走来，在他面前站定。露西亚解开上衣前襟，她的双唇湿润。罗莎莉欧在帐篷入口看着。

7

早晨，赫伍德发现女孩们夜里改变得更多了。他估量，现在女孩们身高不过五英尺，讲话时速度变快、音调更高。

三人都无法将衣物穿上身。露西亚尽力了，但无法将腿塞进裤管，还撕裂了衣袖。拔营时，女孩们把衣物留下，裸身出发。

赫伍德无法将目光从她们身上移开。每过一小时，她们的变化似乎就更为显著。她们的腿现在极短，只能碎步前进，他得刻意放慢速度，才能让她们跟上。此外，他也注意到女孩们的步态越来越倾斜，像是往后仰。

女孩们也看着他，停下来喝水时，众人在尴尬的沉默中将水壶传来传去。

周遭景色也出现令人费解的变化。他们仍沿着左外侧轨道痕迹前进，但痕迹已经浅得难以辨识。赫伍德认得出的最后一个枕木凹槽已经超过四十英尺长，深度不到一英寸。旁边最近的左内侧轨道已经看不见了；两条轨道的间距越来越宽，现在已经偏向东边超过半英里。

地锚痕迹出现的频率越来越高。那天早上，他们就经过十二处，根据赫伍德的计算，他们只需再经过九处。

可是，他该怎么找到女孩们的聚落呢？周围景观平坦而单调，他们休息处的地貌像冷却的熔岩，看不出任何遮蔽处或居所。他更仔细地观察地表。若他用力地触碰地面，还能感觉到土地些微凹凸不平；尽管是松软的沙土，触感却黏腻。

女孩们只剩不到三英尺高，身形更为扭曲。脚掌宽平、双腿粗短，躯干圆而扁。她们现在看起来丑陋得恐怖，赫伍德发现，尽管他对她们外形的转变深感好奇，她们尖亢如鸟叫的嗓音却令他厌烦。

只有婴儿没有变化。在赫伍德看来，宝宝的外貌和先前差不多，但相对于母亲，宝宝现在大得不合比例，罗莎莉欧身躯不断变得更短小，照顾孩子时流露出不可言喻的恐惧。

婴儿是城里出生的。

一如赫伍德是由城外妇女所生，罗莎莉欧的孩子也是城里的孩子。无论三名女孩经历什么转变、她们家乡的地貌有何改变，赫伍德和婴儿都不受影响。

赫伍德完全不知道该怎么办，也不知道该对眼前的一切作何感想。

这已经超出他所理解的自然法则的范围，令他越来越害怕。证据摆在眼前，不容忽视，赫伍德却没有任何参考依据能参透其中道理。

他望向南方，发现不远处有一线浅丘。从形状与高度看来，他认为那是位于某座高山山麓的小丘，但他惊觉丘顶有白色的积雪。太阳热辣得一如往常，空气温暖。依据逻辑，山顶要有积雪，想必那座山一定非常高。但他们距离山丘并不远（他估计不超过一两英里），这样看来，小丘应该不超过五百英尺高。

他起身，突然跌倒。

落地时，他的身体开始滚向南方，仿佛从陡坡滚落。他设法停下，站起身，再次感受到一股力量将他拉向南方。其实整个早晨他都隐约感受到这股压力，可因此跌倒令他始料未及，他感觉南方拉扯的力道越来越强大。为何之前他不曾受到影响呢？赫伍德开始回想。他想起来，他确实隐约感觉到他们好像在往下坡走，只是那天早上他心有旁骛，没有特别注意。可是眼前景色仍然相当荒谬：周围看来仍是一片平地。他站在女孩们身旁，试着觉察那股感受。

那股力道并非气压，甚至不像站在斜坡时感受到的重力，反而介于两者之间：站在平地，即使感觉不到空气流动，他却感觉自己被推拉着往南。

他向北踏了几步，两腿感觉好像正在爬坡。他转向南边，身体感受与双眼所见彼此抵触，感觉像往陡峭的下坡前进。

女孩们好奇地看着他，他走回她们身边。

只花了短短数分钟，他却发现她们身躯变形得更严重了。

8

继续行进了不一会儿，罗莎莉欧试着对他说些什么。他难以理解，罗莎莉欧的口音本来就重，而她现在说话的声音尖锐，语速又过快。

几经尝试，他终于大致明白她想说什么。

她和其他女孩不敢回到自己的村落。她们现在被看作城里人了，可能会被自己的族人排挤。

赫伍德答道，他们非前进不可，是她们自己决定要回来的，但罗莎莉欧说女孩们拒绝再往前走了。她在村里已经嫁人，虽然原本想回到丈夫身边，但她现在担心他可能会杀了自己。露西亚也结婚了，同样为自己的性命担忧。村里人厌恶城市的存在，由于女孩们已和城市扯上关系，她们恐怕会为此付出代价。

赫伍德放弃应答她，他要表达和试图理解罗莎莉欧同样困难。他想说，女孩们反应得太慢了。何况，她们都是照易货约定自愿进城的。他试着向罗莎莉欧说明，可她也听不懂他说的话。

即使对话过程中，一切仍继续扭曲变形。她现在不到十二英寸高，她和其他女孩的身体已经超过五英寸宽。明知道那是女孩们，他现在已经难以认出她们的人形。

他说："在这里等一会儿！"

他站起身，又跌下，滚落地面。推着他身体的力道更强了，赫伍德费尽力气才停止滚落。他抵抗那股力道，艰难地爬到背包旁，背上。他找到背包中的绳索，挂到肩上。

赫伍德全身抵抗那股压力，向南方走。除了眼前的高地，他几乎不可能认出任何自然景观。他所行经的地貌一片模糊，尽管赫伍德不时停下检视，他却认不出脚下究竟是草石还是泥土。

眼前所有景观都越显扭曲：一切皆向东与西延展，迅速丧失高度与深度。

于此，巨石只是一抹深灰，百分之一英寸高，却长达两百码；眼前顶着皑皑白雪的低矮小丘恐怕是险峻高山，长条绿线可能是整棵绿树。

那道米白，则是裸身的女子。

他比预料的更快抵达高地。向南拉扯的力道更强了，距离最近的山脚不到五十码时，赫伍德绊倒了，滚向山脚的速度越来越快。

高地北面山坡近乎垂直，像沙丘背风面那么陡，赫伍德直直地撞了上去。同时，向南的拉力几乎违抗地心引力，拉着他往山坡上走。赫伍德明白，只要他抵达山顶，就再也抵抗不了向南的拉力。他不顾一切地在山坡四处寻找，试图在坚硬如岩石的地面找到施力点。他找到一处向外凸起的山嘴。赫伍德双手抓紧，死命地在持续不停的拉力中固定自己的身体。他的身体翻了个圈，头下脚上地趴在近乎垂直的山壁上，他深知，一旦松手，他就会被拉力向后拖过山坡，一路向南。

他向后探进背包，找到爪钩，将它稳稳地卡到山嘴下方，用绳索固定，并将绳索另一端系至自己腰际。

向南的拉力之强，已经完全抵消向下的地心引力。

山坡地貌在赫伍德身体下方快速改变，坚硬、几乎垂直的山壁不断向东与西延展开来，越来越平，因此他身后的顶峰潜伏前进，离他越来越近。他看见自己下方的岩缝渐渐变细，于是将爪钩从山嘴下解开，塞进岩缝中。一会儿后，爪钩便牢牢固定住。

山脊顶峰正在他身体正下方隆起，向南的拉力持续扯着他，他的身体被甩过山脊。绳索支撑住了，他的身体平铺于地面，暂时静止。

原本为山峰的地方，已经成为他胸前一处坚硬的隆起，正对腹部的地方原本是谷地之处，他的双脚狂乱地寻找立足点，感觉身后原本应有另一座高山处的山脊也在逐渐趋平。

他躺卧在原本崎岖不平的山地，像巨人躺卧于平原。

他试图起身，想换个姿势。才抬起头，他突然发现自己不能呼吸。北方吹来一阵冰冷刺骨的风，空气稀薄，几乎没有氧气。赫伍德再把头低下，以下巴抵着地面。在这个高度，他的鼻子才能呼吸到足以维生的空气。

周围酷寒。

云朵由风吹拂而来，飘于地面上方几英寸之处，一片绵延不绝的白。云朵飘至他的脸旁，像船首海浪划出的浮沫。

他的嘴覆于云层之下，双眼则在云海之上。

赫伍德望向前，隔着云层上方稀薄的空气，望向北边。

他正处于世界边缘，整个世界在他眼前展开。

他可以看见整个世界。

向北地貌如桌面般平坦，但中心处，就在他的正北方，地面从一片平坦中隆起上升，形成完全对称的凹面尖顶。上方越来越细、不断延伸，看不清终点。

他也可以看见多种颜色。有整片整片的褐与黄，其间缀以青绿。更北边则是蓝色：纯粹的宝蓝色，耀眼夺目。云朵拉成长长的螺纹，破碎的白色蜂拥而来。

太阳要落下了，衬着不可能为真的地平线，在东北方闪耀红光。

太阳的形状没变，扁平的圆碟中心，在接近其“赤道”的地方，光芒向南与北射出，形成不断延伸的凹面尖顶。

赫伍德经常看见太阳，已经不再质疑其形状。但现在他明白了：世界也是这个形状。

9

太阳落下，世界陷入黑暗。

向南的拉力太强，赫伍德的身体几乎已经碰不到下方原本是高山的地面。他在黑暗中紧抓绳索，像在断崖垂直上攀；尽管理智表明他是平行于地面的，身体感受却与之抵触。

赫伍德担心绳索无法撑住，于是伸手，指尖触及两处微微突出之处（或许曾是山峰？），把自己向前拉。

前方表面更为光滑，赫伍德几乎找不到施力点。艰难中，他发现能以手指掘进地面，暂时稳住。他再次拖着身体向前：一次只能前进几英寸，或者，也可说是好几英里。向南的拉力并没有减轻多少。

他放弃绳索，决定用手攀爬前进。再前进几英寸后，他的双脚可以踩到原本是山脊的突起地面了。他用力继续往前。

渐渐地，身后的压迫感变小了，稳住身体不再需要倾尽全力。赫伍德稍微放松，想喘口气，却又明显感觉到拉力越来越强，于是他继续前进。很快，他前进得够远了，双手和双膝都能着地。

他并没有回头向南望。身后那是什么呢?

赫伍德爬行了很长一段，才站得起来。他站起身，身体向北微倾，抵抗南边的拉力。他向前走，感觉身后的神秘力道持续变小。一会儿后，他感觉自己已经离拉力最大的地方够远了，便坐下好好休息。

他望向南边。一片漆黑。头上，先前飘至他脸前的云朵正飘于空中，遮住了月亮。自然而然，赫伍德从未质疑过月亮的形状；月亮和太阳同样是那个古怪的形状，他明明看过很多次了，总是从不怀疑。

赫伍德继续向北走，感觉拉力越来越小。周围漆黑、地貌单调，他完全没有留意。他专心致志，只想着一定得走得够远才能休息，不然又会落入拉力大得无法挣脱的区域。他现在明白所处世界的基本定理了，如同科灵思所说，地面会不断移动。朝北那边，城市附近的地面移动速度慢得难以察觉：大约十天移动一英里。越往南速度就越快，加速度呈指数增长。他目睹女孩们的转变，也是因为这一点，一夜之间，他们脚下地面移动的距离就使她们的身体横向扭曲，他却不受影响。

城市永远不能停歇。注定要不断前进，一旦停下，就会慢慢移动至此——往下走——最后更可能落入连高山也只剩几英寸高的地区，力道之大，必将使城市走向毁灭。

现在赫伍德缓缓往北前进，行经古怪、黑暗的景观，他完全无法解释自己先前的体验。一切都违背逻辑：地面理应是固定不动的，高山不会在人攀在山壁时扭曲变形，人不应变成十二英寸高，峡谷不会自己缩短距离，婴儿不该排斥母乳。

已是深夜，赫伍德除了因为在山壁上挣扎而身体疲劳，一点也不觉得累。他发现时间过得比他感觉的更快。

他已经将拉力最大的区域远远抛在身后，但还不敢停下。想到地面朝身后缓缓移动、把自己往南拉，他就难以入眠。

他现在即城市的缩影：一如城市，赫伍德不能停歇。

疲惫终究袭来，他瘫在地面上睡着了。

赫伍德被阳光唤醒，第一时间便想到向南的拉力。他惊醒，跳起来，测了测身体平衡：拉力还在，但不比他前晚入睡前强太多。

他望向南边。

高山不可思议地矗立于南方。

这根本不可能。他亲眼见到、感受到高山被压缩为坚硬的平地，不超过一至两英寸高。可现在高山又矗立于眼前：险峻的山壁呈不规则状，顶峰由白雪覆盖。

赫伍德找到背包，逐一检查行李。他丢了绳索和爪钩，多数装备也留在女孩们那儿了，但还有一壶水、一个睡袋和几包脱水食物。这些够他撑一阵子了。

他吃了些食物，背好行李。

他抬头望向太阳，决定这次要好好确定方向。

他向南走向高山。

拉力渐渐变大，将他拖拉向前。他目睹高山越变越矮，脚下泥土越显厚实，地貌又都挤在一起，剩下扁平的线条。

头上，太阳的移动速度快得出奇。

赫伍德发现高山只剩下小丘的高度时，便抵着拉力停下脚步。

他的装备不足，无法再往前。他调头向北。一小时后就入夜了。

他继续摸黑前进，直到感觉拉力明显变小，才停下休息。

日光再次照耀时，高山又映入眼帘……看起来又是高山的样子。

赫伍德没有试着移动，而是在原地等待。随着时间流逝，拉力越来越大。由于地面向南移动，他与高山的距离越来越近……他眼睁睁看着地貌缓缓变平。

赫伍德拔营离开，在入夜前持续向北。他已见识得够多，该回城市去了。

不知怎么，这样的想法令他担忧。回去之后，他需要报告这趟经历吗？

可是，有些经验他根本无法理解，又该怎么好好整理见闻与感受，向其他人说明呢？

而在他眼前展开的世界正是这一切的核心，令他目瞪口呆。多少人得以经历这样的见闻？既然无论如何都看不到边界，人的心智又怎么能容纳这样的概念？世界（据他所知，在他所在位置以南）从左至右不断向外延伸，无边无际。只有往北、只有正北，才有确切的形体：顶端沿曲线向上，不断延伸，看不到终点。

太阳既是如此，月亮亦然。而且，据他所知，肉眼可见的宇宙中的一切，都是如此。

那三个女孩，他怎么能上报已安全护送她们回到村落了呢？最后他不仅无法与她们交谈，甚至连看也看不见她们！她们与身处的世界一起转变了，同样令他感到全然陌生。

婴儿，婴儿的遭遇又如何？显然，婴儿来自城市，和赫伍德一样，不受周围扭曲的影响，大概已被罗莎莉欧抛弃，恐怕已经没命。就算还活着，地面不断往南移动，拉力终究会大得令婴儿难以存活。

沉浸于千愁万绪中，赫伍德继续向前走，并未留意周遭景色。只有停下来喝水时，他才四处张望，惊讶地发现自己认得周围地貌。

这是他们先前造桥时行经峡谷的北侧。

他喝了几口水，回溯自己的足迹。若要回到城市，他势必得找到轨道的痕迹，而造桥工地附近的痕迹最容易辨认。

他经过一条溪流。之前他心事重重，根本没注意到就越过了。他沿着溪流寻找，看着眼前的涓涓细流，一边怀疑是不是认错了。沿着溪岸走了一会儿，溪流终于变得深而湍急，但仍没找着峡谷。

赫伍德攀上溪岸，逆流前进。溪流附近的景色模糊中带点熟悉，可是隆起和扭曲的地貌看起来又不像同一条河。

接着，他注意到水边一处长形椭圆的黑色痕迹，前去检视。闻起来隐约有烧焦的味。仔细一看，他发现这是营火的痕迹。是他之前生起的营火。

这边溪流宽度只有一码多，可他和女孩们在此扎营时，至少还有十二英尺。他回到溪岸上方。经过仔细搜索，他找到几处地面记号，看起来像是桥塔的痕迹。

溪岸两侧桥塔距离不超过五六码，水深不到几英尺。

这是城市渡河的地方。

他向北走，不一会儿便发现了枕木的痕迹，有十七英尺长，但距离下一个枕木痕迹的间隔只有三英寸。

到了隔天夜里，周遭景色的比例看起来已经正常许多。树终于有树的样子，而不是瘫倒的灌木丛；小石子是圆的，野草丛生，不只是地面一抹绿。他沿着轨道痕迹前进，尽管间距仍和城里的比例相差甚巨，赫伍德估计旅程即将告终。

他数不清经过了多少日子，可是周围景色越来越熟悉，他确知自己离开的天数远比克劳塞维兹预测的更短。就算把受困拉力最强的区域、转瞬即逝的那两三天也算进去，城市距离他离开时的位置应该不会太远，往北不过一两英里。

这番想法令他振奋不少，尤其因为他的食物和水已所剩无几。

他继续向前走，时光继续流逝。眼前仍无城市的踪影，沿路轨道痕迹的间距也没有缩短的迹象。这时，他已经对南方横向扭曲、扁平的地貌习以为常。

一早，他惊恐地想到：好几天来轨道的间距都不变，他该不会进入地面移动速率和他行进速率相等的地区了吧？若是，那他就像跑步滚轮上的白老鼠，怎样也前进不了。

为此，他加快了脚步，走了一两个小时才恢复理智。再怎么说，他都已逃离向南拉力最强的区域。可是，日子不断飞逝，城市却仍遥不可及。很快地，他只剩下两包粮食，也已从附近添水两次。

粮食耗尽那天，他突然大为兴奋。无须担心自己饿死了——他认得自己在哪儿！这是他和易货商科灵思共骑行经的区域：那时位于最适点北方二至三英里！

据他估计，他顶多离开三英里时间而已——也就是说，城市应该距离很近了。

轨道的痕迹一路往前，延伸至一座低丘，却仍不见城市踪影。枕木凹槽的形状依然扭曲，最近的另一条轨道（左内侧）距离仍远。

赫伍德从这一切推论，认为他离城这段时间，其他人必定想出了让城市移动更快的方法。或许，他们甚至设法超越了最适点，现在正处于地面移动速度更慢的区域呢。他开始慢慢体会为何城市必须向前不止：或许，最适点前方的区域地面完全不会移动呢！

若是那样，如果城市抵达，就能停歇了……巨大的滚轮终于能够停下。

10

赫伍德度过了饥饿的一夜，辗转难眠。早晨他喝了几口水，便速速启程。就快见到城市了……

白天气温最高的时刻，赫伍德不得不停下休息。此处野地荒凉开阔，甚少遮蔽。他在轨道旁坐下。

他灰心地向前望，突然看见了什么，令他重燃希望：有三个人正沿着轨道缓缓向他走来。他们一定是城里派来找他的。他虚弱地等着他们走来。

对方走近时，他试着站起身，却踉跄跌倒。他躺着不动。

“你是城里的人吗？”

赫伍德睁开眼，望向发话的人。那是个年轻男子，身着公会学徒制服。他点点头，吃惊地张开嘴。

“你病了。哪里不舒服呢？”

“我没事，你有食物吗？”

“喝点这个。”

对方递来水壶，赫伍德喝了一口。水的味道不同：沉滞寡淡，是城里的水。

“你站得起来吗？”

赫伍德在对方的帮助下站起身，走到轨道不远处的疏林。赫伍德坐在地上，年轻男子打开背包。赫伍德顿时发现，对方的背包与自己的行李完全相同。

“我认识你吗？”他问道。

“我是学徒凯伦·李陈。”

李陈！他记得他！以前在育幼园见过。“我是赫伍德·曼恩。”

凯伦·李陈打开一包脱水食物，加水稍微弄湿。不一会儿，熟悉的灰粥便出现在赫伍德眼前，他马上吃了起来，从未吃得这么津津有味。

几码之外，两个女孩站在那儿等。

“你正要往下走。”他说，仍一口接着一口。

“对。”

“我刚回来。”

“那里有什么？”

霎时间，赫伍德想起遇见托罗德·佩尔罕的场景，几乎完全相同。

“你已经在往下走了，”他说，“还没感觉到吗？”

凯伦摇头。

“什么意思？”他问道。

赫伍德指的是那股向南的拉力，他步行前进时，仍可隐约感觉到。但他现在明白凯伦大概还没察觉。唯有体验过最为极端的情境，才能明确辨认这股力道。

“光用说的，不可能讲清楚，”赫伍德说，“往下走，你就会明白了。”

赫伍德瞥向女孩们。她们坐在地上，刻意背对着赫伍德和凯伦。他忍不住对自己微笑。

“凯伦，城市距离这里还有多远？”

“几英里吧，大概五英里。”

五英里！那城市应该已经轻易超越最适点了。

“你能分我一点食物吗？一点点就好，足以让我回到城市就行。”

“当然。”

凯伦拿出四包粮食，递给他。赫伍德看着食物，想了想，将三包还给凯伦。

“一包就够了，你会需要剩下的粮食。”

“我的路程没剩多少了。”凯伦说。

“我知道，但你会用上的。”他再次端详学徒，“凯伦，你离开育幼园多久了？”

“大概十五英里。”

但是凯伦比他小得多。他清楚地记得：凯伦在育幼园时比他整整低了两个年级。城里招募学徒的时间想必提早了。可是凯伦的身形看来已经成熟，相当结实，不再像青少年。

“你多大了？”他问道。

“六百六十五英里。”

这不可能啊……他至少比赫伍德小了五十英里，而赫伍德自认才六百七十哩。

“做过轨道上的工作了吗？”

“是的，很辛苦。”

“我懂。城市怎么能前进得那么快呀？”

“快？前阵子特别慢呢，我们必须渡河，现在经过的地区山又特别多。我们进度落后了，我离开时，城市还落后最适点六英里。”

“六英里！难道最适点移动得更快了？”

“据我所知，应该没有。”凯伦回头看向女孩们，“我想我差不多该出发了。你没事了吧？”

“对。你和她们相处得如何？”

凯伦微笑。

“还不错吧，”他说，“虽然有语言障碍，但我应该还找得到一些共通的词汇，可以沟通。”

赫伍德笑了，又想起佩尔罕。

“把握时间，”他说，“之后会越来越困难。”

凯伦·李陈瞪着他看了一会儿，接着站起身。

“越快越好，我想。”他答道。他走回女孩们那边，女孩们发现休息时间很短，开始大声抱怨。三人经过他时，赫伍德看见其中一名女孩将上衣前襟解开，在腹部打了个结。

有了凯伦给的食物，赫伍德很有信心，能够顺利回到城市。想到他先前走过的路程，再走五英里不算什么了，他预计入夜就能抵达城市。现在周围乡间的景色全然陌生：尽管与凯伦的说法不同，在他离开后，城市果然还是前进了许多。

夜幕降临，仍看不见城市的影子。

唯一让赫伍德保持希望的，只有已经接近正常尺寸的枕木痕迹。赫伍德再次停下喝水时，他估计最近的枕木凹槽约有六英尺长。

眼前地势渐高，他能看见轨道一路延伸，翻过前方山脊。他肯定城市就在山脊后方，于是加紧脚步，希望入夜前能见到城市的影子。

他抵达山脊时，太阳已经徘徊于地平线。赫伍德俯视前方谷地。

一条宽广的河流横过谷底，轨道痕迹延伸至河流南岸，并从北岸继续向前。从赫伍德所在的位置，他能看见轨道沿着谷地一路上坡，直到消失在林地中。仍见不到城市的踪影。

赫伍德既愤怒又困惑，直勾勾地瞪向谷地，直到黑暗降临，才扎营过夜。

次日，日出后他即刻出发，几分钟后就抵达河岸。这一侧仍有许多人类活动的迹象：水边的地面有搅拌泥沙的痕迹，还有许多废弃木材和破损的枕木地基。河水中还有几根木桩，可能是原本矗立于此的桥仅剩的遗迹。

赫伍德涉水渡河，以最近的木桩为支撑。水越来越深，他开始泅泳，但水流把他冲往下游，漂流许久他才设法抵达北岸。

他全身浸湿，又朝着上游走了好一段，才找到轨道痕迹。赫伍德的背包与衣物浸水后变得很重，于是他脱下衣服，摊在阳光下晾晒，也将睡袋与帆布包摊开来。一小时后衣服干了，他又穿上，准备出发。睡袋还没全干，但他打算下次休息时再弄干。

赫伍德正要背上行李，却听见窸窸窣窣的声音，感觉肩膀被什么戳了一下。赫伍德转头，看见一支十字弓的弩箭掉在地上。

他马上跳进其中一个枕木凹槽躲避。

“不要动！”

他望向声音来源，看不见发话者的身影，只看见五十码外有个灌木丛。

赫伍德检查自己的肩膀：弩箭划破他的衣袖，但未见血。他手无寸铁，他的十字弓和其他装备一起丢失了。

“我要出来了，别轻举妄动。”

一会儿后，一个身穿公会学徒制服的男子步出灌木丛，手上的十字弓仍指着赫伍德。

赫伍德大喊：“别再射了！我是城里的学徒。”

对方不发一语继续前进。他在五码外停下来。

“好吧……站起来。”

赫伍德照办，期待与对方相认。

“你是谁？”

“我是城里来的。”赫伍德答道。

“哪个公会？”

“未来测绘师。”

“誓言的最后一条惩罚是什么？”

赫伍德吃惊地摇摇头：“等等，为什么？”

“快回答……誓言。”

“‘我完全了解，若违反任何前述宣誓内容——’”

对方放下十字弓。

“够了，”他说，“我必须确定才行。你叫什么名字？”

“赫伍德·曼恩。”

那个男子仔细端详他：“天哪，我都没认出来！你留了胡子呢！”

“杰斯！”

两名年轻人盯着对方，几秒钟后，才亲近地与对方打起招呼。赫伍德发现，自从他们俩上次见面以来，两人都完全变了样，根本认不得。以前，两人都还是嘴上无毛的少年，对育幼园内的生活深感挫折；现在他们从对人生的观点乃至外貌，都已截然不同。在育幼园里，格尔曼·杰斯对于加诸他们身上的生活常规总是世故、蔑视以待，俨然是其他比较晚熟的男孩们的老大，率性而不守规矩。赫伍德与杰斯在河边叙旧时，这些特质都已不复见。杰斯在城外的历练不仅改变了他的外貌，更成就了他的性格。当年一起长大的那两个苍白瘦弱的天真男孩，与现在的两名青年天差地别：肤色晒得黝黑，蓄胡，肌肉结实，心智刚强。他们俩都在短时间内长大了。

“刚刚为何要射我？”赫伍德问道。

“我以为你是土鬼。”

“你难道没看见我穿着制服吗？”

“那已经不重要了。”

“可是——”

“赫伍德，听着，世界正在改变，你往下走时碰到几个学徒？”

“两个。加上你，三个。”

“好。你知道城市大约每一英里都会派出一个学徒吗？路上应该有更多学徒的。我们都走同一条路，理应每天都会碰到其他学徒才对呀。可是土鬼有所图谋。他们正在追杀学徒，偷走学徒制服。你被攻击过吗？”

“没有。”赫伍德答道。

“我有。”

“你大可先确认我的身份再放箭。”

“我没打算射中你。”

赫伍德指向自己划破的衣袖：“那你射箭不太准。”

杰斯起身，走向弩箭落地之处。他捡起箭矢，检查磨损，再收进小袋中。

“我们得设法回到城里。”回来时杰斯说。

“你知道这里是哪里吗？”

杰斯一脸担忧。

“我怎样也想不通，”他说，“我已经走了好几英里，难道城市前进速度变快了吗？”

“据我所知应该没有，我昨天碰到另一个学徒，他说城市的进程耽搁了。”

“那该死的城市到底在哪里？”杰斯说。

“上头某处啰。”赫伍德指向往北的轨道痕迹。

“那我们就继续前进。”

那天结束前，他们仍没见着城市（尽管轨道的尺寸已经恢复正常）。他们在林地一处清溪旁扎营。

杰斯的装备远比赫伍德齐全。除了十字弓，他还有多的睡袋（赫伍德的睡袋开始发臭，他只能丢弃）、帐篷和充足的粮食。

“你怎么看？”杰斯问道。

“往下走的路吗？”

“对。”

“我还在设法理清头绪，”赫伍德说，“你呢？”

“我不知道，大概和你差不多吧。逻辑无法解释我的见闻，但既然我亲身经历了，势必是真的。”

“地面怎么会移动呢？”

“你也注意到了吗？”杰斯问道。

“我想是的。应该是这样没错吧？”

一会儿后，两人各自描述离开育幼园后的经历。杰斯的经验与赫伍德的大不相同。

他比赫伍德早了几英里离开育幼园，在城外做过许多类似的工作，最大差别是，他还没成婚，曾被邀请去与转移至城内的女性见面。因此，他出发前便已认识要护送的两名妇女。

他得知了许多当地聚落谣传的故事，说城里住着巨人，四处烧杀掳掠，强暴妇女。

随着他们一路向南，杰斯发现女孩们越来越害怕，他问起原因时，她们说怕回去后被自己的族人杀害。她们想回到城市。这时，杰斯已经开始注意到空间横向扭曲的现象，越感好奇。他让女孩们回头，要她们回到城市，他打算自己多向南走一天，便回头往北走。

他向南前进，没什么勾起他的兴趣，于是回头寻找女孩们。三天后，他发现了她们，喉咙被割开，倒挂在树上。余悸犹存的杰斯此时被一群当地男子攻击，其中有些人身穿学徒制服。他设法逃走，但是当地人持续追击。接下来的三天俨如梦魇。逃命时，杰斯跌了一跤，脚严重扭伤，跛行的他只能四处躲藏。其间，他被迫离轨道很远，也向南移动数英里。最后对方放弃追击，杰斯孤身一人。他继续躲藏，但渐渐感受到向南的拉力越来越强。他发现自己身处完全认不清的区域。他向赫伍德描述地貌如何扁平单调，拉力多么压迫，周围空间如何扭曲变形。

他试着往轨道的方向走，但是脚伤令他难以前进。最后，他不得不用爪钩与绳索把自己固定在地面上，直到他能再次行走为止。向南的拉力越来越大，杰斯担心绳索撑不住，被迫向北爬行。经过漫长且艰苦的路程，他才终于从拉力最强的区域挣脱，踏上回程。

他漫游许久才找到轨道的痕迹。因此，他对距离轨道较远的地形比赫伍德更熟悉。

“你知道外头有另一座城市吗？”他问道，指向轨道西边的土地。

“另一座城市？”赫伍德不可置信地说。

“不像地球城，这座城市建在地上。”

“但怎么可能？”

“很大，比地球城大了十倍、二十倍。我一开始还没认出来，以为是另一个聚落，只是规模比较大。赫伍德，你听我说。那座城市就像我们在育幼园里学到的那样，像行星地球上那种。成百上千的建筑物，都建于地面上。”

“那里有人吗？”

“几个——没有很多。城市有多处遭到破坏。我不知道那里发生过什么事，但感觉城市的大部分都被废弃了。我不想被看到，因此没有久留。但真的很美——那么多建筑物。”

“我们能去看看吗？”

“不行，保持距离才好。太多土鬼了。不知发生了什么事，我只知道情况有变。土鬼组织越来越严密了，也能彼此联系。以前，城市抵达各个村落时，居民几乎很久没有见过其他外来者了。可是从女孩们告诉我的来看，感觉现在不是这样。关于城市的谣言四处传播，而且那些土鬼不喜欢我们。他们从没喜欢过，但以往他们是一盘散沙，现在我总觉得他们打算毁了城市。”

“所以他们假扮成学徒？”赫伍德应道，仍不能体会杰斯的语调为何如此严肃。

“那只是一小部分。他们穿上制服，要继续杀学徒就更容易了。但如果他们决定攻击城市，一定得经过策划，决心这么做。”

“难以想象他们能对我们形成威胁。”

"或许吧。那是因为你比较幸运。"

隔天他们尽早出发，拼命赶路。走了一整天，每次休息都只停下几分钟。他们身旁的轨道痕迹逐渐回归正常比例，两人想着再走几小时就能回城，不禁加快脚步。

午后，轨道绕过一座小山；翻过山岭，两人便看见城市即在眼前，停在宽阔的谷地。

他们停下脚步，盯着城市看。城市变了。

某种感觉令赫伍德开始奔跑，沿着下坡，朝城市急奔。

从山岭的高度，他们能看见城市周围的日常：轨道工班在城市后方拆除轨道，规模更大的工班正在横挡于城市前方的河流中打桩。然而，城市的形状变了。后方区域变形发黑……

民兵队伍更为浩大，很快地，杰斯和赫伍德就被挡下，查验身份。两人都因耽搁感到气恼，因为城市显然遭逢了巨灾。等待城里确认时，杰斯从领队的民兵那儿听说，城市刚经历两次土鬼攻击。第二次的后果远比第一次惨重。二十三名民兵丧命。城里还在清点尸体。

他们抵达城里的兴奋之情完全被眼前景象浇熄。城里确认过后，赫伍德和杰斯静默地走近。

育幼园全毁：丧命的许多都是孩子。城里有更多变故。这些变化使赫伍德大受冲击，但他没有时间消化或做出反应。他只能全都接受，然后立即搁置，等到外部压力稍微降低再处理。他可没有时间沉浸在自己的思绪中。

他得知他的父亲过世了。赫伍德离城几小时后，心绞痛就使他父亲的心脏不再跳动。克劳塞维兹向他告知噩耗，也告诉他学徒实习结束了。

还有：维多利亚顺利生产（是个男孩），但孩子在第一波攻击中丧命。

还有：维多利亚签下宣告婚姻终止的文件，她现在和另一个男子同居，而且又怀孕了。

还有更多，与前述所有事件隐隐相连，却同样令人难以置信：赫伍德从中央历志得知，自从他离城，城市移动总共移动了七十三英里，而且还落后最适点八英里。以他自己的主观时间算来，赫伍德感觉才离开不到三英里的时间。

他把这些信息认作事实，照单全收。对这些冲击的反应，之后才会涌现；这时，他们正要准备迎接另一波攻击。

第三部

1

谷地漆黑寂静。我看见河流北侧一道红光闪了两次，又回归平静。

几秒后，我听见城市深处发出绞盘转动的声音，城市开始缓缓向前。声响回荡于谷地之间。

我和三十名男子趴在山坡上枝叶纠缠浓密的矮树丛中，这次绞机启动事关重大，我被暂时调至民兵组织支援。我们预计第三波攻击随时可能发动，一旦城市渡河抵达北侧，那里的天然地势更适合防守，轨道至少可以安全铺设至北部山地的隘口处。只要抵达，在铺设下一阶段轨道期间，城市就不会再腹背受敌。

我们得知，谷地某处还躲藏着约一百五十名土鬼，都握有步枪。他们足以对城市造成巨大威胁。城里只有先前从土鬼那儿夺来的十二把步枪，弹药也几乎在第二波攻击中耗尽。我们具有杀伤力的武器只有十字弓（近距离可置人于死地），但我们了解情报的价值。后者才是关键，它使我们得以筹划我所参与的这波反攻。

几小时前，刚入夜，我们便已各就各位，俯瞰谷地。主要的防线是环绕城市的三列十字弓手。随着城市渡桥前进，他们会一起后退，在轨道周围排出防御阵形。土鬼会集中火力对付他们，那就是我们伏击的机会。

若运气眷顾我们，可能无须发动反攻。尽管情报显示土鬼正在酝酿下一波攻击，但造桥进度提前完成，我们希望在土鬼发现以前就能趁着夜色抵达对岸。

然而，在谷地一片静谧当中，绞机启动的声响清晰可辨。

第一声枪响时，城市前缘才刚上桥。我装上箭矢，手握在保险槽上。

那晚云多，能见度低。从步枪的火光中，我估计土鬼在距离我方人马一百码之处，大致排成半圆。我看不出他们是否打伤了任何人，目前还没听见反击交火的声音。

更多步枪发射，我们能看出土鬼正步步逼近。城市本体一半已经上桥，仍在前进。

下方远处传来喊声："开灯！"

瞬间，城市周围有八盏弧光灯同时点亮，从十字弓手头上照亮周围地区。土鬼无所遁形。

第一列十字弓手放箭，蹲伏，重新上箭。第二排弓手放箭，蹲伏，重新上箭。第三排弓手放箭，重新上箭。

土鬼猝不及防，几人倒地，现在正卧地闪躲，设法朝防守民兵衬着弧光灯的黑色轮廓开火。

"关灯！"

黑暗再次降临，城市周围的十字弓手散开来。几秒后，灯光再次亮起，弓手从新的位置放箭。

土鬼再次措手不及，更多人死伤。灯光又熄灭，弓手瞬间换回原本位置。同样的变换重复数次。

底下传出叫喊声，弧光灯再次亮起时，我们看见土鬼准备开火。现在整座城市都在桥上。

突然间，爆炸声响起，城市侧边冒出火焰。桥上随即传出第二声爆炸，火舌沿着轨道干燥的木材延烧。

“预备部队，准备！”我站起身，等候指令。我不再害怕，静静等候的紧张感也已消失。“前进！”

城市周围的弧光灯仍亮着，我们能清楚地看见土鬼。他们多数在和主要防线的弓手徒手搏斗，还有几个蹲踞地面，仔细瞄准城市的上层结构。两盏弧光灯被击中，熄灭。

桥上和城市侧边的火焰正在蔓延。

我看见河岸边有个土鬼正挥舞手臂，准备朝城市投掷一个柱状金属物品。我与他距离不过二十码。我瞄准，放箭，正中他的胸口。燃烧弹在他身旁数码处落下，爆炸，热气与火焰蹿出。

我们的反攻一如预期，令敌人措手不及。我们又设法击中三名土鬼。但他们突然散开，奔向东方，消失在谷地的阴影中。

有一两分钟时间，情况非常混乱。城市起火了，桥下的火势也猛烈地延烧至两处。一团火焰在城市正下方，另一团则在后方几码处。灭火固然要紧，但无人能够确定所有的土鬼都已经撤退。

城市继续牵引向前，但桥失火的地方有大量的木材跌落河中。

众人很快恢复秩序。一名民兵长官喊出指令，将众人分成两组。一组沿着轨道重新摆出防御阵形；我加入另一组，到桥上灭火。

第二波攻击（土鬼第一次使用燃烧弹）之后，城市外侧增设了许多消防点。距离起火处最近的消防点因爆炸受损，水徒劳地喷出。我们找到第二处消防点，解开不太长的消防水管。

桥上轨道的火势过大，几乎无法扑灭。虽然城市已经渡过受损最严重的阶段，但仍有三个主要的轨道车轮须行经燃烧的木材。我们在浓烟与翻腾的火焰中试图灭火，我看见底下的金属轨道已经因为高温和巨大的重量而扭曲。

此时传来巨大声响，又有一段轨道的木材掉落。烟实在太浓。我们边呛着，边退回城市下方。

上层结构的火仍未灭，不过城里的消防人员已经着手处理。绞机继续转动，城市缓步前行，抵达相对安全的北岸。

2

我们在晨光中清点损失。人命方面，城市死伤不算惨重。三名民兵在交火中丧命，十五名受伤。城里一名男子因燃烧弹爆炸而重伤，十几名男女被火灾浓烟呛伤。

城市本身则遍体鳞伤。管理员办公室有一整个区块完全被烧毁，部分宿舍因为水火侵袭，无法居住。

城市底下的损坏更为严重。虽然城市地基为钢铁，但多数构造都是木材，许多区域全烧光了。右外侧轨道的后侧车轮完全出轨，其中一个主轮结构出现裂缝，无法替换，只能完全废弃。

城市抵达北岸之后，桥仍在燃烧，最终全都付之一炬，包括好几百码无法被替换的金属轨道，因高温而扭曲变形。

我在城外待了两天，和轨道工班一起工作，从河流南岸设法回收可用残骸，接着被克劳塞维兹召进城里。

回来之后，我只在城里待了一两小时，甚至还没正式向任何资深公会成员进行报告。据我判断，事出紧急，公会的正常程序已暂缓，我也认为严重问题接二连三，毫无止境。遭受攻击无可避免地使城市前进的速度延宕，距离最适点更远了。我实在难以想象为何召我进城，而不是留在城外帮忙。

城外的气氛紧张，介于奋力一搏和全然绝望之间。工班持续铺设从城市至隘口的轨道，我刚到城外工作时的悠闲气氛早已不复见。尽管受到土鬼攻击，轨道工作仍须继续，这种窘迫心情与先前的责任感完全不同。我现在已经明白，之前那种使命感发自内心，因为我们必须从周遭古怪的环境中生存下来。

轨道工班、民兵和牵引技师的交谈对话免不了提及土鬼攻击。话题不再是如何追上最适点，或潜伏于南方、伺机而动的危险。现在城市正处于危机当中，这点反映在所有人的态度上。

进城后，我发现城内也改变许多。

灯光和洁净无瑕的门廊都消失了，日常生活的气息也消失了。

电梯也停止运作。许多门廊的主要出入口都上了锁，有一处甚至整面墙都不见了（想必是因火灾而被烧毁），任何人经过都看得见城外景色。我想起维多利亚过去曾表达的挫折感，心想，无论过去公会如何维持神秘，现在这样封闭的制度完全行不通了。

想起维多利亚令我痛苦，我还是无法完全理解发生的事。在我心目中，只过了几天时间，她就抛下我们俩的婚姻，毁弃我们对彼此的许诺，展开没有我的新生活。

我回来后还没见过她，即使我确定她得知我回城了。外在威胁未解，我也不可能去找她，何况我需要更多时间想清楚，才能与她见面。起初，得知她怀了别人的孩子（据我所知对方是个教育管理员，姓杨）还没有令我太过难受，纯粹因为我完全不敢相信。在我看来，我离城的时间那么短，事情怎么可能会这样一发不可收拾？

我花了些工夫才找到至上公会区域。城里的环境大为不同。

似乎到处都是人、噪声和尘土。任何闲置空间都被改作紧急宿舍，甚至连部分门廊都收容着城外的伤员。几面墙和隔间都被拆下，就连至上公会区域外头（原本设有几间公会成员专用娱乐室）都设了临时厨房。

四处弥漫着焦木的味道。

我晓得，城市正面临着撼摇根本的剧变。我感受得到公会陈旧的制度逐渐倾塌。城里许多人的角色已经改变。与轨道工班一起工作时，我遇见不少第一次出城的人，许多人在攻击事件之前，还从事着食物合成、教育工作，或任职于家务管理司。现在显然无法雇用土鬼做体力活了，为了移动城市，所有人手都得用上。为何这时克劳塞维兹会召我回去，我根本无法想象。

未来测绘师办公室里没有他的踪影，我等了一会儿。半小时后，他还是没有出现，我心想自己在城外可能更有贡献，便打算沿着来时的路离开。

我在门廊遇到未来测绘师丹顿。

“你是未来测绘师曼恩，对吗？”

“对。”

“我们要出城，你准备好了吗？”

“我是来见未来测绘师克劳塞维兹的。”

“对，他遣我来的。你会骑马吗？”

我离城期间甚至忘了马。“会。”

“很好。一小时后在马厩和我会合。”

他走出未来测绘师办公室。

突然有一小时空档，我发现自己无事可做，无人可见。我和城里的所有联结都断了，就连我所熟悉的城市外形与景色的相关记忆，也因建筑物毁损而消散。

我向下走至城市后侧，想亲眼看看育幼园被破坏的程度，却没什么能看。整个上层结构都已被烧尽或事后拆除了，原本孩童房舍所在之处，只剩城市地基的金属结构裸露在外。从那里，我看得见河对岸攻击发生之处。我心想，不知土鬼会不会再次追击。虽然感觉他们已一败涂地，但若他们真的那么痛恨城市的存在，我想他们终究会重整旗鼓，继续攻击。

我这时才明白，城市有多么脆弱。不仅在设计上无法抵御任何攻势，动得又慢又笨拙，建材还非常易燃。所有的弱点，包括轨道、缆绳、木材搭建的上层结构，都能被轻易触及。

我忍不住想，不知土鬼是否明白，要摧毁城市有多么容易：他们只需彻底破坏城市前进的能力，就能悠闲地在旁欣赏地面如何把城市慢慢拉向南方。

我思索了一阵。在我看来，当地居民并不明白城市与生俱来的弱点，因为他们未能取得相关信息。据我观察，往下走时，女孩们似乎对自己与周遭的古怪转变浑然不觉，仿佛什么也没有变。

在这里，接近最适点之处，土鬼不受扭曲的影响，或者变动幅度太小，因此他们也察觉不出变化。

唯有土鬼得逞（或许甚至不是蓄意攻击），大幅减缓城市前进的进展，以致城市落入再也无法向前或挣脱的区域，土鬼才可能见识到城市和居民会面临何种下场。

即使在一般情境下，城市也将面临多山地区，难以前进；城市北侧的山恐怕不是附近的唯一。我们怎么可能追上最适点？

不过，目前城市相对安全。一侧由河流护卫，另一侧则位处高地，地势有利，任何心怀不轨的人都无从躲藏。铺设轨道期间，城市还有这个优势。

我犹豫是否能及时换套衣服，好几天来，我都穿着同一套制服工作睡觉。想到这儿，我又不由自主地想起维多利亚，想起她如何抱怨我穿同一套制服在城外工作了十天。

希望离开前不会遇到她。

我回到未来测绘师办公室询问，既然我已是正式公会成员，确实有为我提供的制服，但目前没有多的能够给我。他们告诉我，在我离城这段时间，会为我找来一套。

我抵达马厩时，未来测绘师丹顿已经在等我了。他交给我一匹马，我们立刻从城市底下往北方出发。

3

丹顿不大会主动交谈。我问任何问题，他都会一一回答，但除了问与答，就是长长的沉默。我一点也不觉得难受，因为我终于有机会好好思考。

公会最早的训练仍有其道理：我会尽可能观察，从亲身见闻中学习，而非仰赖其他人的诠释。

我们沿着轨道预定路线前进，绕过山侧，通过隘口。站在隘口最高处，前方山坡沿着一道流水持续向下，谷地底端有一小处林地，紧接着山棱又绵延起伏。

“丹顿，现在这种时刻，我们为何要离城呢？”我问道，“城里应该用得着所有的人手吧？”

“我们的工作向来重要。”

“比城市防御更为重要吗？”

“对。”

我们乘马前进，他解释道，过去几英里时间里，未来测绘工作被搁置了。一部分是因为城里的事件，一部分则是因为公会人手不足。

“我们最远只测绘到这边的山区，”他说，“那些树木，对轨道公会而言是个麻烦，土鬼也可用来作为掩护，但我们需要更多木材。我们探勘过这边山地附近一英里左右，再往前就是未知的领域了。”

他给我看一卷长纸上的地图，向我解释图标的意义。据我理解，我们的工作就是继续绘制北方的地图。丹顿有一套测绘仪器，固定于大型木制脚架上，他每隔一阵子就从仪器测量读数，记录在地图上。

马匹负担很重，驮着各种装备。除了大量食品、寝具等补给，我们各带着一把十字弓和充足的箭矢，还有些挖掘工具、化学检测组和一台小型摄影机与录影机。丹顿将摄影器材交给我操作，教我如何使用。

他向我说明，未来测绘师的例行公事是在同一期间内，派遣不同未来测绘师（单人或搭档）从城市出发，以不同路线往北勘查。结束时，未来测绘师会完成行经区域的详细地形图，并将实际景观拍摄下来。这些记录会交到领航员委员会那儿，领航员会根据各个未来测绘师的报告决定城市接下来的路线。

到了傍晚，丹顿第六次停下来，架起脚架。记录周围山峰起伏的角度读数后，他用陀螺罗盘确定正北的方向，再将自由旋转的摆锤置于仪器下方。摆锤底端是指针状，其自然摆动的动能耗尽之后，指针便停止不动；丹顿取出画有同心圆的刻度尺，置于脚架中间。

摆锤指针几乎在刻度尺中心点正上方。

“我们抵达最适点了，”他说，“知道这是什么意思吗？”

“不太确定。”

“你往下走过了，对吗？”我说是。“这个世界永远存在离心力。越往南，力道越强。在最适点以南的任何地方，离心力都会存在，但在最适点以南约十二英里之内，离心力不算太大，不至于影响日常生活。超过这个范围，城市就有麻烦了。你若体验过那股离心力，你自然会明白。”

他继续用仪器量测读数。

“八英里半，”他说，“那是最适点和城市的距离，也就是城市必须赶上的距离。”

我问道：“最适点怎么测量？”

“这里的重力不受扭曲，因此能作为标准，好让我们测量城市的进度。以物理学来说明的话，想象你沿着世界画出一条直线。”

“然后最适点在线上不停移动？”

“不，最适点是静止不动的，移动的是地面。”

“噢，是了。”

我们收拾装备，继续向北。日落前才扎营过夜。

4

测绘工作的负担不大，随着我们缓缓向北移动，我发现唯一需要担忧的外界因素是周围是否有不怀好意的当地居民。丹顿告诉我说，我们不太可能遭受攻击，但还是小心为上。

我还在思忖日睹整个世界在我眼前展开的经历，多么令人惊惧。作为亲身体验，置身其中即已足够；可要从智识上理解，则没那么容易。

离城第三天，我突然想起自己从小所受的教育。我已不记得思绪从哪里开始，大概同时想着许多不同的事，包括见到育幼园被完全摧毁带给我的冲击。

从离开育幼园起，我就很少想起以前在那里学到的东西。当时，我和育幼园多数孩童一样，都觉得被迫上课就和苦修没什么两样。可回顾起来，强行灌输到我们脑袋里的知识，在城市运作的脉络中，竟能开拓出新的维度。

举例而言，以前最让我们感到无聊的科目之一，就是教师们说的“地理”课。大部分的教课内容都涉及地图学和测绘学，而在育幼园的封闭环境中，我们只能纯粹做理论练习。然而，我现在终于明白，当年耗费在乏味功课的时间到底意义何在。稍微集中注意力并翻找我不甚牢靠的记忆后，我很快就大致掌握了丹顿教我的工作内容。

以前育幼园还教授许多其他科目，都是理论，而我渐渐了解了这些知识的实用目的。任何人成为公会学徒时，都已经具备其公会所需的技能，也具备许多城市其他部门所需的知识。

尽管没有任何教育让我做好准备，承担轨道工作的体力负荷，但我无须学习，仅凭直觉几乎就能了解机械器具如何牵引城市使其沿着轨道向前。

我虽然对被迫参加民兵训练有所不满（当时训练着重于军事策略），令人倍感疑惑，可这些演练对于尔后负责保卫城市的人而言，必然大有助益。

这样想来，我不禁开始回想：我们所受的教育中，哪些课程是为了让我们为亲眼见识所处世界的真实样貌做准备？

天文物理学或天文学课堂上，谈到行星时，总说星体的形状为球体。“行星地球”（不是地球城）是椭圆形的类球体，我们也看过地球陆地的地图。课堂上并没有对这方面的物理学多做讨论。从小，我就假设地球城所处的世界和行星地球一样是球体，而课堂传授的知识也未曾与此假设互相抵触。确实，我们从未公开讨论过所处世界的本质。

我知道行星地球属于一个星系，其中所有行星绕行的恒星“太阳”也是球体。另外也有一个球体卫星绕行着行星地球本身。当然，这些都只是传授的理论，直到离城之前，我都未曾想过这些理论究竟有什么实用意义，因为我们一向明白所处世界的情况不同。在我们所处的世界，太阳与月亮不是球体，整个世界也不是。

最关键的问题依然无解：我们到底在哪里？

答案或许已经埋葬于过去。

这些我们也都在课堂上学过，虽然我们学的历史都发生于行星地球上。我们大多学习各个国家的军事行动以及权力与政权转移。我们学过，行星地球计算时间的单位是“年”和“世纪”，以文字记录的历史大概长达二十世纪。这么想或许不大公平，不过我渐渐看不起行星地球的生活，毕竟那里似乎只充斥各种纷争、战乱、领土争议和经济压力。我们被教导，“文明”的含义极为先进，并体现于城市人民身上。据此定义，我们作为地球城的居民，是文明的人，而我们的生活与行星地球上人民的生活几无相似之处。行星地球上的“文明”是自私与贪婪的代称；居住于“文明”国度的人民剥削其他人。行星地球上维持生命所必需的物资短缺，文明国家的人竟以经济实力较强为借口，独占这些物资。这样的差距埋下争端的种子。

此刻，我顿时发现我们的文明与行星地球仿佛彼此呼应。当前城市面临的战争源自我们和土鬼的纷争，若追本溯源，则是易货制度惹的祸。我们并非在财富上剥削他们，行星地球短缺的物资，城市却绰绰有余：食物、燃料能源和原物料。我们所缺乏的是人力，并以丰足的物资换取。

纵使交易过程反了过来，结果仍相同。

顺着这样的思路，我明白探讨行星地球的历史其实为即将成为易货商的人做好了准备，只可惜，这对我寻求的解答并无帮助。行星地球的历史展开了，也终结了，然而没有人曾提到地球城如何抵达现在的世界，也从未说明城市怎么建起，创始者是谁，他们从何而来。

这些知识是被刻意隐瞒，还是被遗忘了呢？

我想象许多公会成员曾试着建构自己的推论；我想，若不是城里某处有些答案，就是有个众人普遍接受的假设，只是我还没有听说而已。我似乎自然而然地接受了公会成员的行事作风。在这个古怪的世界里生存必为优先要务：宏观而言，就是将城市牵引向北，远离后方那股惊人的扭曲力道；个人而言则是自决，选择遵循何种模式过活。未来测绘师丹顿相当独立自主，我遇见的多数公会成员皆是如此。我也想成为那样的人，以个人判断为依据。我想，我应该能和丹顿讨论这些心得，但我选择不这么做。

向北的旅程缓慢，仿佛漫无目的。我们并没有直接往正北，而是不断向西与东探索。丹顿会定期测量我们与最适点的距离，而且从未超过最适点以北十五英里。

我问他不继续往更北的地方前进是否有其缘由。

“通常我们会尽可能往更北的地方走，”他答道，“但是现在城市的情况特殊，不仅要寻找往北的最佳路线，我们也必须寻找最适合防守的地形。”

每过去一天，我们绘制的地图就更为完整、更为详细。只要我想，丹顿都会让我操作测绘器具，我很快就和他一样熟练。我学会了如何利用测绘仪器对土地进行三角测量，如何估计山坡高度，如何计算最适点的方位和与我们的距离。我渐渐喜欢上操作摄影器材，虽然为了节省电力必须克制自己的兴致。

远离城里的紧张气息，北边一片宁静和谐，而且我也发现，丹顿虽然沉默，但友善且睿智。

我已经数不清我们离开了多久，至少超过二十天。丹顿完全看不出急着回城的样子。

我们在一处浅谷发现一个小型聚落，不打算与居民接触，丹顿只在地图上注记，并估计人口。

此处乡间较为翠绿，空气较我先前习惯的更为清新，但是太阳热辣并无缓和的迹象。这里降雨更为频繁，通常在夜里，四处有着或大或小的溪流与河川。

所有地形，无论是自然景观或人造，城市可能难以通过，或不符合城市特定需求，丹顿都不带评论，只在地图上注记。决定城市行进路线并非未来测绘师的职责，我们只负责记录未来行经地区的确切地貌。

旅途气氛悠闲，令人昏昏欲睡，周围自然景观优美，引人入胜。我明白，接下来几英里内，城市就会行经这里，不顾周围美景，径自向前。以城市的美学观点来看，此般苍翠温和的乡野与狂风肆虐的沙漠并无二致。

若非从事例行工作，我仍沉浸在自己的思绪中。我无法不想，我们所处世界的形貌是如何令人惊异地展示于我的眼前。那么多年乏味烦琐的教育中，总有什么在我不知情的情况下，能为我所见做点准备的吧。我们根据自己的假设建构生活，假使我们理所当然地认为自己所处世界与其他世界并无差别，又有什么教育或训练，能让我们在既有假设被彻底推翻时做好心理准备呢？

未来测绘师丹顿第一次带我到城外那天，应该是为我预先做准备的开端，让我以自己的双眼亲见太阳绝非球体。

然而，我还是觉得，应该还有更早的提示才对。

我又等了好几天，一有时间就沉浸于这个烦恼中，终于灵光乍现。一晚，丹顿和我在一条宽阔但不深的河边扎营，日落时，我拿起摄影机和录影机，独自走到半英里外一处低丘上。从丘顶可清楚地看到往东北落下的太阳。

太阳徘徊于地平线，云气朦胧，遮蔽原本刺眼的光芒，使太阳的形体更清晰可见：一如往常，扁平的圆盘，上下射出尖刺。我打开摄影机，拍摄许久。一会儿后，我重播录影带，确认画面清晰稳定。

我对眼前的景色从不厌倦。天空渐渐变红，圆盘没入地平线之下，接着上方的尖刺也迅速沉落。在那之后，天空仍留着余晖，中心的红光由橘与白包围……几分钟后，夜幕迅速降临。

我再次重播影带，从录影机窄小的屏幕上观看太阳的画面。我暂停画面，不停调低亮度，直到画面中只留下白色的太阳形状。

这就是世界的缩影。我的世界。我曾在某处看过这个形状——早在离开育幼园之前，就有人给我看过这个由对称的诡异曲线排列而成的形状了。

我盯着屏幕许久，才良心发现，赶紧关掉电源，保留电池电力。我没有直接回到丹顿那儿。我正在绞尽脑汁，试图唤起遥远的记忆，隐约记得有人在纸卡上画出四条曲线，将地球城所在、挣扎求生的世界展示给所有人看。

丹顿和我绘制的地图区域形状明确。

在他带来的厚纸卷上，我们绘制出一个窄长的漏斗形区域，最窄的点位于林地，我们离城时，那里距离城市北方一英里左右。在此期间，我们都待在漏斗形区域内，测量周围所有主要地貌，确保我们搜集的信息尽可能精确。

不久后绘制工作完成，丹顿说我们应该立即启程，回到城市。

我用录影机记录了我们绘制的所有地形，可供参照。回到城市时，领航员委员会势必将检视所有记录，以规划城市接下来的路线。丹顿告诉我，其他未来测绘师将很快出发，再绘制另一个漏斗形区域的地图。或许会以林地为起点，向东或西偏离五至十度；或者，若领航员认为我们绘制的区域是安全路线，就会派遣未来测绘师到已知区域更北方，继续向前勘探。

我们启程往城市出发。我原以为，搜集完任务所需信息之后，我们会不顾安全或舒适问题，日夜奔驰，戏剧般夸张地赶回城里，殊不知，我们回程时仍同样悠闲地穿越林野。

“我们不用赶路吗？”最后我问道，心想丹顿可能是顾虑我才放慢步调，我想表示自己愿意赶路。

“往上走的时候，永远无须赶路。”他说。

我不想同他争论，但想着我们已经离城至少三十天了。与此同时，地面已经带着城市向南，距离最适点又远了三英里，表示城市至少该前进这么多，才能保持安全。

我知道未经测绘的区域只距离城市最后位置　英里左右。

简而言之，城市急需我们手中的信息。

回程就走了三天。第三天，我们把装备都放上马匹，出发向南，我先前苦寻不着的记忆自然涌现；就像其他埋藏于潜意识的信息，怎么样也无法想起，却又不请自来。

我感觉自己已经耗尽全力，拼命回想曾上过的所有课程，细细检视关于所有学科的记忆，却都未果，一如当年上课时那样烦冗与徒劳。

结果，解答自然涌现，而且是我完全没想到的科目。

我记得在育幼园最后几英里时，教师向我们介绍微积分。我对任何数学都只有一种反应，面对微积分如此极为抽象的概念也一样：既没兴趣，也不在行。

当时教到函数以及如何用图形代表这些函数。是图形的形状唤起我的记忆：我一向还算会画画，因此那几天的课突然勾起我的兴趣。只是兴趣随即被浇熄，因为我发现绘图并非最终目的，而是为了进一步了解函数——可我连函数是什么都不清楚。

我们在课堂上花了特别多时间，仔细学习关于其中一个图形的细节。

图形中曲线代表的等式，其值皆为倒数，或称为反函数。那个图即是双曲线。双曲线一半落于正象限，一半落于负象限。每条曲线的端点皆为无限值，正负皆然。

教师在课堂上讨论过，若使曲线的坐标轴旋转，会发生何事。当时，我既不懂为何要画图，也不懂为何要旋转坐标轴，便又做白日梦去了。但我记得看到教师在一张大纸卡上画出旋转坐标轴后的立体形状。

最后的结果便是几乎不可能存在的物体：半径无限长的立体圆碟，双曲线形成的尖塔各从圆碟的上方与下方直直突出，不断变细、无限延伸。

那是抽象的理论数学，当时我对那个形体的兴趣也仅止于此。

但是，教师提起这样实体不可能存在的数学概念，特地画给我们看，绝非毫无目的。依照我们所受教育那样隐晦的传统，就在那天，我第一次见到我们所处世界的形状。

5

丹顿和我骑马经过山脚的林地……前方便是隘口。

我情不自禁地扯住缰绳，让马停下。

“城市呢？”我说，“在哪里？”

“我想应该还在河边吧。”

“那不早就被摧毁了吗！”

没有其他解释了，假使城市整整三十天没有前进，一定会蒙受新一波攻击，不然不可能延宕这么久。此时，城市至少应该前进到隘口这里了。

丹顿看着我，露出饶有兴致的表情。

“这是你第一次抵达最适点北边那么远吗？”他问道。

“是的。”

“但你往下走过了，回到城市时，发生了何事？”

“我们被攻击了。”我说。

“没错——不过，你离城过了多久？”

“超过七十英里。”

“比你预计的更长对吗？”

“对，我以为……以为我只会离开几天，顶多一二英里。”

“那就是了。”丹顿继续向前，我跟上，“最适点北边的情形与南方相反。”

“什么意思？”

“没有人教过你主观时间值吗？”我呆滞的表情就是答复。“往最适点以南，主观时间会变慢，越往南效果越明显。城市接近最适点时，时间尺度大致正常，所以，你从下往回走时才会发现城市移动距离远得超乎想象。”

“但我们刚从北边回来。”

“对，所以效果相反。我们往北走时，主观时间尺度加速，所以感觉城市完全没有移动。根据经验，我们回到城里时，你大概会发现我们才离开四天而已。现在比较难估算，因为城市距离最适点比平常更远。”

我静默了数分钟，试图理解。

接着我说：“所以，假使城市可以超越最适点，就不用前进那么长的距离了，可以停下来，对吗？”

“不对，城市永远需要往前进。”

“但是，假使我们能够让时间变慢，待在最适点以北就能争取时间。”

“不对，”他重复，“主观时间差是相对的。”

“我不懂。”我坦承。

我们现在正骑马上坡，朝隘口前进。几分钟后，城市映入眼帘，一如丹顿所预测的。

“影响时间差的因素有两个，一个是地面移动的速度，另一个是人的主观时间感。两者的影响都是绝对的，但是我们无法确知两者是否相关。”

“那为什么——？”

“听着，地面会移动，这是实体距离。往北移动速度较慢，越北边越慢，往南则速度加快。假使我们能抵达最北端，我们相信地面完全不会移动。但另一方面，我们也相信地面向南移动的速率会不停增加，若到世界的边缘，速率会增加至无限。”

我说：“我到过那里——最南的边缘。”

“你走了多远？四十英里？或许不小心到了更远？你感受到的力道已经够强了，但那只是开端而已。我们在讲的是上百万英里，确确实实……上百万。有的人说甚至不止。城市的创始者德斯汀认为世界无限大。”

我说：“但是城市只需多前进几英里就能抵达最适点以北了。”

“没错，或许也能让我们好过些。我们仍然需要牵引城市向前，但频率不用那么高、距离不用那么远。但是，问题在于，我们若要和最适点一起前进，超前的功用也只有这样而已。”

“最适点到底有什么特别的？”

“那是环境与行星地球最接近的地点。在最适点时，我们的主观时间值趋于正常，一天共有二十四小时。在这个世界其他任何地方，我们的主观时间都会有所出入。最适点的地面移动距离约为每十天一英里；在我们所处的世界，最适点之所以重要，是因为变因太多，我们需要一个恒常的标准。别错把以英里计算的距离当成以英里计算的时间。我们说城市移动了多少多少英里，实际上是指流逝的时间：那个数字再乘上十，就是度过多少天数，而且一天以二十四小时计算。所以说，我们就算超前，到了最适点北边，也没有什么实质收获。”

此时，我们已经骑至隘口最高处。地锚已经建起，城市正准备牵引向前。民兵加重防守，不仅在城市周围站岗，更扩及轨道两侧。我们决定不骑回城里，而是在地锚旁等绞机牵引结束。

丹顿突然说："你读过德斯汀指令了吗？"

"还没，但我听过。誓言里有提到。"

"对，克劳塞维兹那里有一份，你既然已经是公会成员了，应该读读。德斯汀建立了在这个世界存活的规则，目前还没有人找到改变规则的理由。我想，你读完之后应该会更了解这个世界的运作。"

"德斯汀了解吗？"

"我想是的。"

我们等了一小时，绞机才牵引完毕。城市没有受到土鬼侵扰，事实上，甚至完全没有土鬼的形迹。我注意到几个民兵已经配备步枪，大概是从之前交火丧命的土鬼手里拿来的。

进城时，我直接走向中央历志，发现只过了三天半。

我们和克劳塞维兹短暂讨论，接着被领去见领航员马克马宏。丹顿和我指着地图的主要地形，仔细说明旅经地貌。丹顿列出我们对城市接下来路线的建议，指出各种地形可能面临的问题和周围的替代选项。其实该区地貌相当适合城市的需求。山棱表示我们必须稍微偏离正北，但是这个区域的山坡不陡，整体地势又比城市目前位置北侧低了一百英尺。

"我们要立刻再进行两趟测绘任务，"领航员对克劳塞维兹说，"一个向东偏移五度，另一个向西偏移五度。你有足够人手吗？"

"是的，先生。"

"我今天会召开委员会，目前暂时采用你们提出的路线。若新完成的两趟测绘任务发现更好的路线，到时再考虑。你们多快能完成正规测绘图？"

"等人手从民兵和轨道技师那边调回来就能完成。"克劳塞维兹答道。

"那些是优先要务，目前暂时用这些记录吧。等情况更为缓和，再重新申请。"

"好的，先生。"

领航员取走我们绘制的地图和我的录影带，接着我们离开了领航员议事室。

到了房外，我对克劳塞维兹说："先生，我志愿参加其中一趟测绘任务。"

他摇摇头："不，你放假三天，然后回去支援轨道公会。"

"可是——"

"这是公会规定。"

克劳塞维兹转身，他和丹顿走向未来测绘师办公室。理论上，那也是我所属的地方，但我顿时觉得被排斥在外。而我（名副其实地）无处可去。在城外工作时，我睡在民兵宿舍里；现在休假了，我甚至不知自己该在哪儿过夜。未来测绘师办公室设有舱床，我可以暂时睡在那边，但我知道，我必须尽快与维多利亚见面。已经拖延太久了。我一直在城外工作，恰好是最方便的借口。我还不清楚该怎么看待与她的现状，而唯有同她见面才可能找到答案。我换下制服，洗了个澡。

6

我在北边测绘期间，城里的改变不大，家务与医务管理员都忙着照顾伤员、安排住宿。人们脸上的绝望气息少了些，门廊清空不少，但尽管如此，我晓得现在仍不是解决家务事的好时机。

要找到维多利亚很不容易。询问了好几个家务管理员后，我被引导至一处临时宿舍，她却不在那儿。我和那里主事的妇女搭话。

“你是她的前夫，对吗？”

“对，她在哪里？”

“她不想见你。她现在很忙，之后会再联络你。”

“我得见她。”我说。

“不行。我得去工作了，现在很忙的。”

她转身背对我，继续工作。我环视拥挤的宿舍：一端是轮值结束的工人睡觉的地方，另一端有几名伤员躺在简陋的床上。还有几个人在床位间忙碌穿梭，维多利亚却不在其中。

我上楼走回未来测绘师办公室。在寻找维多利亚的这段时间里，我决定了，与其在城市里盲目地游走，我不如早点回到轨道那边工作。但是在那之前，我得先读读克劳塞维兹那边的德斯汀指令。

未来测绘师办公室里只有一个公会成员，没有其他人。他向我自我介绍，说是未来测绘师布雷恩。

“你是曼恩的儿子，对吗？”

“对。”

“很高兴见到你。往上去过未来没？”

“去过了。”我说。我很喜欢布雷恩给人的感觉。他不比我年长多少，有张清新坦率的脸。他似乎很高兴有人可以聊天。他说，因为当天稍晚准备出发进行测绘任务，接下来几英里时间都得独自一人。

“我们通常都独自向北吗？”我问道。

“通常是的。若克劳塞维兹同意，也能两人搭档进行，但多数未来测绘师偏好单独行动。我自己比较喜欢有人陪，上头那儿有时太寂寞了。你觉得呢？”

“我只去过一次，是和未来测绘师丹顿一起去的。”

“你们相处得如何？”

我们就这样聊起来，气氛友好，不像和其他公会成员交谈时，常保持戒心，语带保留。我自己不自觉地也养成这个作风，刚开始与他聊天时，我的态度想必有些胆怯。不过，几分钟后，我便发现他坦率的态度令人倍感轻松，不一会儿，我们俩就像老友般熟稔了。

我向他说起用录影机拍摄太阳的事。

“你有记得删掉吗？”

“什么意思？”

“从录影带里删掉。”

“没有……我应该这么做吗？”

他笑了：“要是领航员看到，他们会修理你一顿吧。录影带只能作为地形交互参照用。”

“他们会看到吗？”

“可能会。假使他们对地图满意，就可能会确认录影带内容，作为参考。可能不会全部看完，可若看到的话……”

“不能这么做吗？”我问道。

“这是公会规定。录影带是珍贵资源，不能随便浪费。别太过担心就是了。话说回来，你为何会想拍摄太阳呢？”

“我那时有个想法，想要试着分析太阳的图像，它的形状太古怪了。”

布雷恩兴趣浓厚地看着我。

“你怎么想的？”他问道。

“反函数值。”

“对，你怎么想出来的？有人告诉你吗？”

“我想起以前在育幼园学过双曲线。”

“你想通了吗？可不只是双曲线而已。你想过表面积了吗？”

“未来测绘师丹顿解释给我听了，他说面积非常大。”

布雷恩说：“不是非常大——而是无限大。城市北边的表面曲度越来越大，不停趋近垂直，却永远不至于垂直。城市南边的表面则是不断趋近水平却永远不到水平。整个世界沿着坐标轴旋转，半径无限长，旋转速度也是无限的。”

他面无表情、平铺直叙地说。

“你开玩笑的吧。”我说。

“没有，我可是认真的。我们接近最适点的时候，旋转的影响与行星地球的情况相同，再更往南，尽管角速度完全相同，速率也会增加。你往下走时有感受到离心力吗？”

“有。”

“要是你走得更远些，现在就不会站在这里了。那股力道可是会要人命的。”

“以前有人告诉我，”我说，“没有东西比光速更快。”

“确实，没有实物快过光。理论上而言，这个世界的圆周无限长、速率无限大。但一般认为，物质有其终点，那个界线可视为实体的圆周。那就是世界旋转的速度与光速相等之处。”

“所以不是无限大。”

“不算是，但真的非常非常大。看看太阳就知道了。”

“我看过了，”我说，“常常看。”

“同样的道理。若非不停旋转，就会是无限大。”

我说：“就算是这样好了，理论上仍是无限大。可是宇宙怎么可能容纳不止一个无限大的物体呢？”

“这也有解答，只是你不会喜欢的。”

“说说看。”

“去图书馆找天文学类的书，任何一本都行。图书馆的书都来自行星地球，所以假设都一样。假使我们现在还在行星地球上，便处于一个无限大的宇宙中，其中容纳许多非常庞大但体积有限的实体。但这个宇宙的规则不同：我们身处于非常庞大但体积有限的宇宙，其中容纳许多无限大的实体。”

“这不合理。”

“我知道，”布雷恩说，“就说你不会喜欢的。”

“我们在哪儿？”

“没人知道。”

“行星地球在哪里？”

“也没有人知道。”

我说：“往下走时发生了很奇怪的事。我那时和三个女孩同行，我们越往南走，她们的身体变形得越明显了。她们——”

“你往上走时有遇到其他人吗？”

“没有，我们……我们都避开村落。”

“最适点以北的居民身体也会变形，他们变得又高又瘦。我们越往北走，变形得越严重。”

“我大概只往北走了十五英里。”

“那你大概不会察觉任何异状。若超过最适点以北三十五英里，就会变得非常诡异。”

稍后，我问道：“为什么地面会移动呢？”

“我不确定。”布雷恩说。

“有人知道吗？”

“没有。”

“地面移去哪儿了？”

“更要紧的是，”布雷恩说，“是从哪儿开始移动的？”

“你知道答案吗？”

“德斯汀说地面运动是循环性的。他在指令里说，地面在北极固定不动，往南则朝赤道缓缓移动。越靠近赤道移动越快，又因为旋转，角速度和线性速度都会加快。到了极端，则往两个方向的速率同样都是无限大。”

我瞪着他：“可是——”

“等等……还没说完呢。这个世界也有南半部。假使世界为球体，我们会称之为南半球，为了方便起见，德斯汀沿用这个称呼。在‘南半球’反向为正，也就是说，地面从赤道向南极移动，移动得越来越慢。然后到了南极，地面又静止不动。”

“你还是没说地面从哪里开始移动。”

“德斯汀认为北极与南极完全相同。换句话说，地面一旦抵达南极，就会在北极重新出现。”

“这不可能啊！”

“德斯汀可不这么想。他说世界的形状是立体的双曲线，所有的极限都是无限。想想看，所有极限的特性都会成为相反值。负无限大成为正无限大，反之亦然。”

“你是逐字引用他的话吗？”

“我想是的。但你还是应该读读原版。”

“正有这个打算。”我说。

布雷恩离城往北前，我们约好城外危机解决以后要共骑向北。

再次落单，我读起布雷恩为我从克劳塞维兹那儿拿来的德斯汀指令。

整份文件包含几页密密麻麻的印刷文字，若是刚出城那时的我，恐怕大部分都读不懂。现在，我得以参照自己的想法和经验。如同布雷恩所说，文件内容仅用于佐证。我渐渐明白公会体制的意图：理解来源于亲身体验。

许多内容是理论数学，不时辅以繁复的运算，我匆匆瞥过。更有意思的是后头匆匆记下的日志内容，其中几段吸引了我的目光：

我们距离地球好远。我怀疑我们能否再次见到那颗行星，我们的故乡。若我们要在这里生存下来，务必要守护过去，成为地球的缩影。我们处于一片荒芜之中，与外隔绝。周围世界充满敌意，每日危及我们的生存。只要我们所处的建筑物仍矗立，人类便能于此生存下来。保护、延续我们的家园是首要任务。

接着，他写道：

我已经测得，每二十三小时又五十七分钟的回归率为十分之一英里。虽然向南偏移的速度缓慢，却持续不停。因此，建筑物每十天至少须移动一英里。

务必排除万难，持续向前。我们已经渡过一条河，非常惊险。毋庸置疑，未来无尽的日子和英里数中，我们还会面临更多障碍，而我们必须做好准备。务必集中精力找寻可用于建物且可永久保存的当地材料，留作建材。只要我们足够警醒，造桥理应不难。

史特纳向前勘探，回报前方几英里会碰到沼泽区。我们已经派遣其他人马往东北和西北勘查沼泽的范围。若不是很宽，我们就能暂时偏离正北、绕过沼泽，之后再设法赶上。

这则记事后的两页，就是布雷恩试图向我解释的理论。我读了两遍，每次读完就更理解一点。我继续往下读。德斯汀写道：

陈提交了我要求的核裂变物质库存清单。都不用了！有了转侧发电机，再也不需要那些了！我什么也没对L. 说。我乐于和他争论——何必现在制止他们呢？后世子孙都能保暖无虞！

今天外面气温：－23℃。我们持续向北。

接着：

其中一条履带出了问题。T. 建议我下令把它们拆除。说史特纳回报在北边找到了废弃的铁路。好像想出了厉害的法子，让建筑物沿着轨道前进。T. 说行得通。

接着：

决定建立一个公会体制。一个仿古的好主意，每个人都同意了。可以建起组织，而无须大幅改变这里的运作方式，但我认为，公会体制甚至能够使建筑物长存，比我们所有人都更长命。

履带拆除进度顺利。已耽搁许久，希望我们能赶上。

娜塔莎今日生产：是男婴。

S. 医师给了我更多药丸，说我工作太辛苦，需要休息。以后再说吧。

指令尾声的文字，语气开始类似教诲：

以下撰文仅限出城工作者阅读；建制内居民无须得知我们的可怕处境。我们的组织已然建立：我们拥有充足的机械动力与决心，能于此处世界长存，安全无虞。后世务必历经辛苦，方能了解我们若不倾力前进的后果。此般知识足以确保机械动力与决心皆全部投入，充分运作。

倘若上天眷顾，有朝一日来自地球的人会找到我们。

在那之前，我们的优先要务是生存，不计代价。

从今以后，众人同意并如此指示：

委员会负有最终成败责任，成员须负责为建制领航，称为领航员。人数随时不得少于十二人，须由下列公会资深成员中推选：

轨道公会：须负责维护建制行进使用之轨道；

牵引公会：须负责维护建制行进使用之动力；

未来测绘公会：须负责测绘未来建制行进之土地；

造桥公会：若无其他可用路线，须负责安全通过地形障碍。

再者，未来若有必要，需经由委员会无异议一致通过，成立其他公会。

（签名）

弗朗西斯·德斯汀

指令大部分内容都是一则则简短记事，日期从1987年2月23日延续至2023年8月19日。最后签名文件的日期为2023年8月24日。

接下来还有两页，一页是附录，记录易货公会与民兵公会的成立。没有标注日期。另一页则是手绘图形，显示 $y = 1/x$ 等式产生的双曲线，下方还有其他我看不懂的数学符号。

这就是德斯汀指令。

7

城外轨道工作进展顺利。

我加入轨道工班时，城市后方多数轨道都已拆除，越来越多工班开始将轨道部件从隘口沿着长长的缓坡运至最底下的林地。整体气氛明显改善，我推测原因是城市已被顺利且不受干扰地牵引离开河岸。况且，下一段轨道的坡度对我们有利。我们仍须使用缆绳与地锚，因为下坡幅度不足以抵消向南的离心力。即使在这个位置，城市还是会受到离心力的影响。

站在城市旁的地面上，看着城市结构水平地向南北延伸，是种古怪的感受。我现在已经明白，眼前的水平只是幻觉。在最适点（由于我们所处世界如此庞大，相形之下，距离相当近），地面其实向北倾斜了四十五度角。不过，这和类似于行星地球的球体世界，似乎没有什么差别。我记得以前在育幼园曾读过一本在“英格兰”这个地方出版的书，是本童书，描写一个家庭准备移居至“澳大利亚”的生活故事。书里的孩子相信自己抵达目的地后身体就会颠倒过来，头下脚上；作者花了不少精力仔细说明，由于地心引力，无论身处行星球体上任何一点，感觉都会是正的，依然头上脚下。在这个世界也是如此。我已经亲自去过最适点南边和北边，地面永远感觉是水平的。

我很享受轨道上的劳动。再次使唤我的身体感觉很是畅快，让我没时间分心思考其他事。

只有一项悬而未决的事情顽固地挥之不去：维多利亚。

我得见她一面，无论到时场面可能多难看，我希望能尽快让此事落幕。不管结果如何，只要我还没和她谈过，我在城里就难以感到自在。

我现在已完全接受城市所处的物理环境，尚须解答的问题所剩无几。我已经明白城市如何前进、为何前进，也明白城市向北的旅程一旦延宕，会面临哪些幽微的危险。我晓得城市相当脆弱，且此刻仍可能受到更多攻击，但我觉得这些问题都能很快解决。

这一切知识都无助于化解我的个人危机：在我心中只过了短短几天，我爱的女孩竟与我形同陌路。

身为公会成员，我发现自己有权参加领航员委员会召开的会议。尽管不能参与发言，但能旁听所有会议讨论。

我听说有会议即将召开，决定参加。

领航员在领航员主要营舍后方的一个小型议事厅举行会议。令人感到意外的是，场合比我原先想象的更不正式。我原本以为会有繁复仪式，可能盛大隆重；事实上，由于这些会议对于整座城市的运作效率至关重要，领航员走进议事室在圆桌旁坐下时，感觉相当务实。

两位我晓得名字的领航员（欧森与马克马宏）都在场，还有其他十三位领航员。

议程第一项事务是讨论城外的军事情况。一位领航员站起身，自我介绍为领航员索伦斯，简洁地报告了目前的情况。

民兵已确定城市附近仍藏有至少一百名敌人，多数有武器装备。根据军事情报，敌人受到重创，士气低落。领航员说这和我军士气大振相反，我方有信心能掌握任何新的进展。民兵共从土鬼手上取得二十一把步枪，虽然弹药不足，但民兵成功获取了部分弹药，而且牵引公会已经研发出制造少量弹药的方法。

第二位领航员证实报告无误。

接下来的报告关乎城市的结构。

领航员针对有哪些地方需要重建、需多久完成重建等议题进行了冗长讨论。有人说，家务管理员面临的压力越来越大，住宿空间极为短缺。领航员同意将兴建新的宿舍区域列为优先任务。

此番讨论自然涉及越来越多的议题，这引起了我极大兴趣。

据我观察，在场领航员的意见存在分歧。一派认为应尽快重新采取先前的“封闭式”体制，其他人则认为封闭体制已经过时，应该自此废除。

在我看来，这其实是最关键的议题，可能撼动城市整个社会结构的根基。确实，这也是会议中未言明的暗流。若“封闭式”体制废除，也就表示长于城中的任何人都能渐渐得知关于城市处境的真相。这表示需要新的教育体系，也会为公会本身的权力带来微妙变化。

最后，经过多次提议表决、几轮修正，终于举手投票表决。只差一票，委员会决议暂时不重新采取“封闭式”体制。

会议还揭示了更多信息。讨论源自议程的下个议题：关于城内十七名转移入城的当地妇女。她们自从土鬼发动第一波攻击后一直留在城内，领航员讨论该如何处置她们。会议中，报告指出这些妇女希望留在城内。霎时我明白第一波攻击的原因极可能是解救这些妇女。

又进行一次表决：这些妇女应可自由决定留在城里的时间。

领航员同样决定暂时不继续派遣学徒往下走。我得知，自从第一波攻击后，学徒试炼就已暂停，几位领航员现在支持重新开始。会议报告指出，目前已知十二名学徒在往下走的过程中被杀，还有五名下落不明。领航员决定继续暂停派出学徒。

我对听见的一切极为入迷，以前从没想过领航员与体制实务竟如此息息相关，影响这么深远。虽然没有人如此明说，但不少公会成员显然认为领航员是群年事已高、与现实脱节的老古板。有些领航员确实较为年长，但是他们的觉知能力同样敏锐。环视四周，眼看公会成员的座位大多空着，我暗忖，或许公会成员应该多多出席领航员会议才对。

会议中还有更多事务需要讨论。领航员马克马宏根据丹顿和我提交的报告，向委员会说明了北边的地形，并补充道，现在正有两组未来测绘师在勘探各偏离五度的区域，再过一到两天就会得到结果。

领航员决议采用丹顿与我提议的路线，直到找到更好的路线为止。

最后，领航员卢坎报告了城市的牵引情形。他说，牵引公会想出了能稍微加快城市前进速度的方法。尽快回到最适点附近，他主张，这将是使城市回归正轨的重要一步，其他人发出附和的声音。

他说，牵引公会提议暂时让绞机不停运转，把城市持续牵引向前。这需要仰赖与轨道公会更密切的联系，缆绳断裂的风险可能也会升高。但是，他解释道，桥烧毁后，我们珍贵的轨道库存短缺，城市每次牵引的距离就得缩短。牵引公会建议在城市北方铺设较短的轨道，让绞机持续运转，牵引技师会轮流检修绞机，等到抵达北边、地势对我们大为有利时，就能维持较高速率，足以让我们在二十至二十五英里时间内抵达最适点。

现场有些反对的声音，不过主席要求公会提出更详细的报告。投票表决时，共有九票赞成、六票反对。在牵引公会准备详细报告的同时，城市将开始准备，尽快调整为绞机持续运转的模式。

8

我被派往城市北边进行测绘任务。早晨，我在轨道上工作时被召回，克劳塞维兹为我做简报。我将于隔日出发，前往最适点北方二十五英里处，回报地形景观与各个聚落的确切地点。我可以选择独自出发或与另一位未来测绘师同行。想起与布雷恩新建立的友情，我申请与他共事并获准。

我迫不及待要出发。感觉已经没有必要继续在轨道上从事体力活了，以前从未出过城的人，现在也合作无间，我们的进度甚至比以往雇用当地劳力时更快。

最后一次土鬼攻击已是遥远记忆，众人士气高昂。我们安全抵达隘口，接下来将沿着山谷一路下坡。天气舒爽，众人满心期待。

晚间我回到城里，决定与布雷恩讨论测绘任务，并在未来测绘师营舍过夜。我们准备日出时就启程。

穿过门廊后，我看见维多利亚。

她独自在狭小的办公室中工作，正在检阅一大叠文件。我走进去，关上门。

“噢，是你。”她说。

“你介意吗？”

“我很忙。”

“我也很忙。”

“那就不要来烦我，忙你的去。”

“不行，”我答道，“我得和你谈谈。”

“以后再谈。”

“你总不能永远躲着我。”

“没人规定我得现在和你谈。”她说。

我抓住她手中的笔，文件飞落地面，她惊呼。

“维多利亚，发生了什么事？你为什么没有等我？”

她盯着散落一地的纸张，没有回答。

“快点，回答我。”

“那是很久以前的事了，对你还那么重要吗？”

“对。”

她现在看着我，我也回望着她。她变了很多，感觉年长了些。她看上去更有自信、更独立了，但我还是认得出她抬头的样子，双手紧握的样子：半握着拳，两只拇指竖直，彼此交叠。

“赫伍德，我很抱歉你觉得受到了伤害。但我也经历了许多事，这么说够吗？”

“你明知这样不够。我们以前说好的事呢？”

“例如？”

“我们俩私底下讲的话，亲密的话。”

“你的誓言安全无虞，不必担心。”

“我不是指那个，”我说，“而是其他事情，关于我们俩的事。”

“床笫间说的情话吗？”

我的脸抽动了一下：“对。”

“那都是很久以前了。”或许她瞧见了我的反应，态度突然软化了，“对不起，我不是故意这么冷酷无情的。”

“好吧，随你怎么说都行。”

“是真的，我只是没想到会再见到你。你离开了那么久！你可能死了，又没有人愿意告诉我任何事。”

“你问了谁？”

“你的上司，克劳塞维兹。除了说你离城，他什么也没说。”

“但是我告诉过你会去哪儿，我说我得去城市南方一趟。”

“你还说不到几英里就会回来了呢。”

“我知道，”我说，“我错了。”

“发生了什么事？”

“我……被耽搁了。”我甚至无法解释。

“就这样？你被耽搁了？”

“路程比我想的更远。”

她开始无意地翻找纸张，试图整理成一叠。但她只是摆动双手，作势要工作，我已突破了她的心防。

“你从没见过大卫，对吗？”

“大卫？这是你为他取的名字吗？”

“他——”她再次抬头看我，双眼泛泪，“我得让他待在育幼园，工作太多了。我每天都去看他，然后第一波攻击就来了。我得支援消防点，不能——然后，我们下去——”

我闭上眼，别过脸。她把脸埋在手中，开始哭泣。我靠着墙，把脸埋在前臂中。几秒后，我也哭了起来。

一名妇女进门，看见我们，又关上门。这次我用身体抵住门，避免再受打扰。

一会儿后，维多利亚说："我以为你永远不会回来了。那时城里好乱，我设法找到你们公会的人，他说很多学徒都在南方被杀了。我告诉他你离开了多久，他也不敢肯定你的安危。我只知道你离开的时间比你原先说的更久。将近两年呢，赫伍德。"

"他们警告过我，"我说，"但我那时没相信。"

"为什么不？"

"当时的任务要走大概八十英里再回来，我以为几天就会回来了。公会里没人跟我说为何到不了。"

"但他们都知道？"

"想必是的。"

"他们至少可以等到孩子生下来吧。"

"轮到我就非走不可，那是公会训练的一部分。"

维多利亚比刚才冷静了些，情感流露使先前的敌意完全消散，我们终于能更理性地对话。她捡起掉落的纸张，整理成一叠，收进抽屉里。对面墙边有一张椅子，我走过去坐下。

"你知道公会体制就要改变了吧。"她说。

"不会改变太多。"

"不，公会体制会彻底崩毁。一定的，现在就已经开始了，任何人都能去城外。领航员当然会固守陈规，不肯放手，因为他们沉溺于过去之中。但是——"

"他们不像你想的那么守旧。"我说。

"一有机会，他们就会试图带回以前那种保密和压迫。"

“你错了，”我斩钉截铁地说，“我知道你是错的。”

“好吧……但是事情一定得有所改变。现在城里无人不知我们面临着威胁。正是因为我们在这片土地上一路偷拐抢骗，才招致危险。是时候停止这一切了。”

“维多利亚，你不——”

“光看看城市受到的损害！三十九个孩子丧命了啊！天知道我们受创多么严重。要是外头的人继续攻击我们，你觉得我们还可能活得下来吗？”

“现在已经比较平静了，一切都在控制当中。”

她摇摇头：“我不管现在情况如何。我讲的是长远的未来。麻烦的源头就是城市必须前进，这是招致危险的唯一因素。我们擅闯其他人的土地，讨价还价、雇用劳力好让城市继续前进，我们把妇女带进来，让她们和根本不认识的男人发生性关系——一切都是为了让城市继续前进。”

“城市永远不能停下。”我说。

“看吧，你已经变成公会体制的一员了。永远讲得那么肯定，却不肯退一步综观全局。城市一定得前进、一定得前进。别以为那是天经地义的事情。”

“就是天经地义。我知道城市停下来会发生什么事。”

“如何？”

“城市会被摧毁，所有人都会死。”

“你又没有证据。”

“没有，但我确知会如此。”

“我觉得你错了，”维多利亚说，“而且不是只有我这样想。光是最近这几天，我就听到其他人也这样说。大家会独立思考的，他们出过城，知道外面是什么样子。除了我们给自己造成的麻烦，外头并没有什么危险。”

我说：“听着，这个冲突与我们俩无关。我想见你，是为了谈谈我们俩的事。”

“但这是同一件事呀，我俩之间发生的一切，正是城市的行事规则造成的。假使你不是公会成员，我们可能还在一起。”

“有没有可能……？”

“你想吗？”

“我不确定。”我说。

“不可能了。至少对我不可能。我的信念和你选择的人生互相矛盾，我无法妥协。我们试过了，却被拆散。总之，我现在已经和——”

“我知道。”

她看着我，我感觉到她由于过去经历的疏离感再度浮现。

“赫伍德，你难道没有任何信念吗？”她问道。

“我只知道，公会体制固然有许多缺陷，确有其道理。”

“我们俩抱着截然不同的信念，你却希望能再在一起生活？这行不通的。”

我们都改变了许多。她说得没错。继续猜想不同情境下我们的生活会是什么样，对谁都没有好处。个人之间的感情不可能脱离整体城市体制的影响。

尽管如此，我还是试着挽回，向她解释一切发生得多么突然，努力想找到令我们重燃当初感情的方法。公平地说，维多利亚也以同样诚意待我，但我想，尽管观点不同，我们俩都得出了同样的结论。见过她之后，我感觉好些了，便离开她朝未来测绘师营舍出发。我感觉到，一切未解问题中，我们已经成功解决了最困难的部分。

9

次日，我与布雷恩共骑向北，展开测绘任务。城市也从这天开始，既重拾安全，也历经重大变革。

我目睹这个过程慢慢开展，因为多次向北，我对于城市时间的认知被扭曲。随着经验的累积，我发现到了最适点以北约二十英里，每过一天大约等同城里的一小时。若可能，我会尽量参加领航员会议，借此得知城里的事务。

我初到城外工作时城里那种安宁，竟比多数人预想的更快归来。

土鬼不再攻击，不过一名参与情报任务的民兵被擒丧命。不久之后，民兵长官宣布土鬼已经四散，往各自南方的聚落而去。

虽然城市继续维持军事警戒许久（且未曾完全废除部分措施），但民兵人手渐渐被调至其他工作。

如同我第一次参加领航员会议得知的，牵引城市向前的方式改变了。起初几经困难，城市现在已成功建立了持续牵引的系统，以复杂的方式调动缆绳、分阶段铺设轨道。毕竟，每二十四小时移动十分之一英里，距离不算太长，没多久城市就抵达最适点了。

我们发现这么做反而让城市有更大余裕，例如，若正北出现较大的障碍物，我们能直接绕过，不怕偏离角度太大。

但事实上，这附近的地势相当和缓。如同我们的测绘结果，整体地势逐渐下降，而且对我们有利的坡段远比不利的坡段多。

这个地区的河川数量比领航员预想的更多，因此造桥师一直相当忙碌。不过，因为城市位于最适点，且目前的前进速率比地面移动更快，有更多时间能进行决策、建造安全的桥梁。

虽然起初有些犹疑，易货制度也重新启动。

城市学到了教训，现在更谨慎地进行易货协商。城市为雇用劳工（由于仍需更多劳力）支付更为丰厚的报酬，且有很长一段时间都避免让易货商转移妇女进城。

我参与了一连串领航员会议，关注此项议题的辩证与交锋。自从第一波攻击起，转移入城的十七名妇女仍在城内，她们已经表明不愿离开。但是，城里出生的仍多为男婴，一部分人大力游说继续转移妇女进城。没有人确知性别比例如此悬殊的原因，只知道这个问题无疑存在。再者，过去几英里内，三名转移入城的妇女都产下了男婴，似乎显示，城外妇女在城里待得越久，产下男婴的可能性也会增加。同样，没有人确知原因。

根据最新统计，岁数低于一百五十英里的孩童当中，共有七十六名男孩、十四名女孩。

随着比例越来越悬殊，游说声量越来越大，不久后易货公会便示意重启协商。

正是这个决策凸显了城市社会最近的变革。

城市目前仍采用“开放式”制度，非公会成员亦可参加领航员会议，入席旁听。宣布易货商将重启转移妇女协商后，不过数个小时，整座城的居民都晓得了，掀起一阵抗议声浪。尽管如此，决策仍继续执行。

虽然城市又雇用起城外劳工，人数仍比过去少得多，城里总是有许多人在城外从事轨道与缆绳相关工作。关于城市运作的秘密，差不多都已经公开了。

但是，一般民众对于我们所处世界本质的知识仍然相当贫乏。

在一次辩论中，我第一次听见“中止者”的称呼。听人解释，“中止者”是一群积极反对城市继续前进、致力于中止城市行进的民众。据说，中止者并无武装，也不会采取直接行动，在城里获得的支持越来越多。

城里决议展开一项再教育计划，旨在强调牵引城市前进的必要。

再一次召开会议时，出现了暴力干扰。

会议中，一群人冲进议事室，试图占领主席台。

看到维多利亚身在其中，我一点也不意外。

经过嘈杂的争执，领航员找来民兵支援，结束了会议。

这次扰乱事件反而达到了中止者行动想要的效果，领航员会议再次禁止大众参加。城里民众的意见两极分化，对立越来越分明。中止者获得许多支持，却无实权。

接着发生了几个事件。先是一条缆绳离奇地被割断了，然后又有一名中止者与雇来的劳工交谈，试图劝他们回到自己的村落去……整体而言，中止者的行动并不构成威胁，只是让领航员芒刺在背。

再教育计划进行得相当顺利。城里举办了一系列演讲，试图解释我们所处世界的奇特危险，民众参与踊跃。双曲线图形设计成为城市的象征符号，也被加到公会成员的斗篷上作为装饰，缝在胸前的圆环中。

我不知道城里民众理解了多少，虽然听到一些讨论，由于中止者的影响，或许削弱了课程的公信力。长久以来，由于我们的教育避而不谈，城里的人都假设城市若非位于行星地球上，便是处于类似行星地球的世界。或许真相太过荒谬，令人难以相信。民众会倾听这些信息，甚至能够理解，但我想中止者的主张获得了更大的情感共鸣。

尽管这一切进行得如火如荼，城市仍继续缓缓向北。有时我会刻意从其他工作中抽出时间，用心灵观察城市，就像看着异世界中的一粒砂。我把城市看作来自一个宇宙的物体，它却试图在另一个宇宙中生存；我看见一座满是居民的城市，攀着四十五度角的斜坡，只靠几条缆绳系着，抵抗如浪般扰动的地面。

随着城市情况变得较为稳定，未来测绘变成常态。

为了测绘，我们将城市北边的土地分为数个不同区块，从最适点向外延伸，以五度为单位。一般情况下，城市无须勘探正北周围十五度以外的地区，但现在因为城市有更多余裕，我们有了弹性，可在短时间内偏离正北较远。

未来测绘师的规矩相当简单。测绘师（独自或与搭档）从城市出发向北，针对指派的区域进行详尽的测绘勘探。我们可用的时间充足。

我常发现自己向往北方的自由。布雷恩有次告诉我，这是许多未来测绘师常见的特质。既然在河岸发懒一整天只等同城市里短短数分钟，何必急着回去呢？

徘徊于北方有其代价，我原本不当一回事，直到亲身感受。在北方悠闲度过的一日，就是我人生中的一日。度过五十天，就等于城市的五英里，同时城里的人只老了四天。一开始不算什么：我们回到城市的次数相对频繁，我还察觉不出异状。但渐渐地，我认识的人——维多利亚、杰斯、穆恰斯金——看起来都没有改变，一天，我偶然看见镜子里的自己，才发现时间差的后果。

我不想和另一个女孩安定下来。维多利亚认为城市的行事规则会影响个人情感关系，我每次想起，都有更深刻的体会。

第一批转移妇女进城，作为未婚男性，我被告知符合资格，可暂时与其中一位结为伴侣。一开始我很抗拒，因为老实说这件事令我十分反感。对我来说，即使是纯粹的肉体关系，也应该有些情感联结。不过，以这样的情境而言，选择伴侣的安排手法已经尽可能细致了。只要我待在城里，我和其他符合资格的男性就会被邀请至一间专为此目的预留的娱乐室，鼓励我们和入城的女孩们互动。一开始觉得难为情、有些羞耻，但我渐渐习惯了这样的场合，厌恶感渐渐消失。

渐渐地，我和一位名叫朵丽塔的女孩互有好感，我们很快被分配到一间舱房，可以共同生活。我们并没有太多共通点，但是她试着说英语的样子很可爱，而且她似乎乐于有我陪伴。不久后她怀孕了，孕期在我往返于测绘任务之间进展。

很慢，慢得难以置信。

对于城里事务进程明显迟缓，我的挫折感逐渐加深。根据我的主观时间尺度，自从我成为未来测绘师已经过了一百五十甚至两百英里，从城市所在的位置竟还看得见我们遭受攻击后穿越的那些山棱。

我申请暂时调至另一个公会。虽然我享受身处未来地区的闲适，但总觉得时间过得飞快。

我到牵引公会工作了几英里，这段时间内，朵丽塔生产了。她生下一对双胞胎：一儿一女。有许多值得庆祝的。但我又感觉，尽管方式不同，城市生活已经无法满足我了。这段时间，我和杰斯一起工作，他过去比我年长了几英里，可他现在明显比我年轻，我们俩也不再有什么交集。

朵丽塔生产后没多久就离城，我回到自己的公会。

就像我自己身为学徒时见到的未来测绘师，我也开始与城市格格不入。我享受孤独，珍惜那些在北方偷闲的时间，每次进城都觉得不自在。我养成绘画的兴趣，却没告诉任何人。我会以最高效率完成公会职责，接着独自骑马徜徉未来乡野，画下双眼所见，试图以线条描绘景观，捕捉时间静止的画面。

我远远地望着城市，这座外来的异城。它不仅不属于
界，甚至不属于我。一英里接着一英里，城市将自己牵引向
曾找着，甚至不曾意图寻找其最终的归属。

第四部

1

广场远侧角落的讨论进行时，她在教堂门厅等着。神父与两名助手在她身后的临时工坊工作，耐心地修复圣母玛利亚的石膏像。教堂中相当凉爽，尽管部分屋顶塌陷，里头却整洁宁静。她知道自己不该在这儿，但那两名男子到来时，直觉要她躲进教堂里来。

她正看着他们恳切地与自封为村落首领的路易斯·卡瓦罗和其他几名村里的男子交谈。神父通常负责代表当地社群，但是德桑托斯神父和她一样，刚抵达这个村落。

那两名男子骑马沿着干涸的溪床进村，他们与村民讨论时，马匹在旁吃草。她的距离太远，听不见确切的交谈内容，但能看出他们在协商某种交易。村里的男子侃侃而谈，装作不感兴趣，但她知道若他们无所图，对话早就结束了。

引起她注意的是乘马而来的男子。他们看起来显然不是附近村落的人。与村民不同，他们的外表相当显眼，都穿着黑色斗篷、合身的裤子与皮靴。他们的马匹备有鞍座，毛发整洁，虽然驮着沉重的鞍袋，里头满是装备，看起来却不显疲劳。她在附近从未见过状态这么好的马。

她的好奇心渐渐压过直觉，于是向前想知道他们讨论的内容。此时，协商似乎已经结束，村民转身离开，两名男子回到马匹旁。

他们立即上马，按来时的路离去。她站着看，心中挣扎是否该追上去。

他们离开视线，消失于溪流旁的树林中，她匆匆穿过广场，穿过两栋房舍间的小径，爬上房舍后方的小丘。一会儿后，她看见两人在林中出现。他们又骑了一小段，接着拉住缰绳停下。

两人交谈了约五分钟，其间不时朝村落的方向回望。

她躲在他们视线以外，站在小丘浓密的树丛之中。突然，其中一人向另一人举手示意，转过马头，快步朝远处山棱的方向起程；另一人则朝相反方向离去，步调悠闲。

她回到村里，找到路易斯。

“他们要做什么？”她问道。

“找人做些体力活。”

“你同意了吗？”

他闪烁其词：“他们明天会再回来。”

“他们会付酬劳吗？”

“会给食物。你看。”

他拿出一些面包，她接过来的面包金黄新鲜，闻起来很香。

“他们从哪儿拿到的？”

路易斯耸耸肩：“他们还有一种特殊的食物。”

“他们给你了吗？”

“没有。”

她皱眉，忍不住想他们到底是谁。

“他们还给了你什么？”

“只有这个。”他给她一个小袋，她打开。

里头装着粗颗粒的白色粉末，她嗅了嗅。

“他们说这个能帮助水果生长。”

“他们还有更多吗？”

“要多少有多少。”

她放下小袋，回到教堂工坊。与德桑托斯神父说了几句后，她快步走至马厩，爬上她的坐骑。

她沿着干涸的溪床离开村落，骑马往第二名男子的方向而去。

2

村落后方有一片荒原，树木点缀其中。她很快就看见那名男子，他在远处，朝一大片林地前进。她知道林地另一端有条河流，再过去有些丘陵地。

她保持与男子间的距离，在找出他的目的地之前，希望不被发现。

男子骑进树林后，便从她的视线中消失。她翻身下马，牵着马儿，仔细寻找男子的踪迹。很快，她听见河水的声音。这个时节河水很浅，河床布满圆石子。

她先瞧见他的马，拴在一棵树上。她也安顿好自己的马，独自步行向前。林间温暖无风，骑马让她感觉自己满身沙尘。她不禁再次思索自己为何追上来，明明理智告诉她，这么做可能有许多风险。可是那两名男子在村里时让人感觉不具威胁性，动机虽然神秘，看起来却相当和平。

越来越接近林地边缘，她移动得更为谨慎。她在林地边停下，俯瞰水边浅岸。

男子就在那里，她兴趣浓厚地看着他。

他已经脱下斗篷，与靴子一起摆在一小堆装备旁。他已经下水，显然相当享受河水的清凉。他对她的存在浑然不觉，双脚在河中踏水，喷溅的水花闪烁。一会儿后，他弯身以手舀起河水，泼在脸和颈部。

他转身上岸，走向装备。他从黑色皮箱里取出一个小型录影机，将皮箱背带挂在肩上，用一条裹着塑胶的短线将录影机与摄影机接在一起。完成后，他用侧边一个小小的金属旋钮进行调整。他暂时放下摄影机，摊开一张长条形、像卷轴一样的纸。他把纸卷摊在地上，仔细看了几秒，接着拿起摄影机，回到水边。

他刻意地将摄影机对着上游，停了一两秒，放下摄影机并转身。他将摄影机指向对岸，接着指向她的方向，令她吓了一大跳。她蹲下闪躲，从那男子毫无反应看来，她推测自己没被看见。她再朝他看时，男子正拿摄影机对着下游。

他回到长纸卷旁，仔细记下几个符号。

他的动作依然谨慎，将摄影机装回皮箱，卷起纸卷，与其他装备一起收好。

男子大大地伸展四肢，搔了搔头。他慵懒地回到河边坐下，双脚沾着水。一会儿后，他轻叹一口气，往后躺，闭上双眼。

她仔细观察他，他看起来确实无害。他身形高大、肌肉结实，脸庞与双臂晒得黝黑。一头浓密的淡红褐色头发，长而蓬乱。一脸胡须。她估计他三十多岁，胡须底下，他有张棱角分明的年轻脸孔，脸上挂着微笑，只因天气炎热而干燥，而他的双脚浸在冰凉的水中，就能为他带来单纯而原始的快乐。

飞虫在他脸旁徘徊，他不时懒散地挥赶。

迟疑许久，她最后向前，半走半滑下河岸，土坡崩落的泥土堆在她脚前。

那名男子立即有了反应。他坐起身，用力环视四周，匆匆站起。他手忙脚乱地转身却滑倒在地，双脚溅起一大片水花。

她笑了起来。

他再次起身，扑向自己的装备。几秒后，他手里出现一把步枪。

她止住笑。但他并没有举起步枪，反而对她用西班牙语说了几句，讲得太差，她根本没听懂。

她自己也不太会说西班牙语，所以她以村民的语言说道："我不是故意笑你的……"

他摇摇头，仔细望着她。她摊开双手，示意自己没有武器，向他微笑，希望令他安心。他似乎肯定她不具威胁，放下步枪。

他又说起极度蹩脚的西班牙语，中间穿插了几个英文。

"你会说英语？"她问道。

"是的，你呢？"

"说得要多地道就有多地道。"她又笑出来，接着说，"介意我加入你吗？"

她朝河点点头，但他仍呆呆地盯着她。她脱下鞋子，走向河岸，踏入水中，将裙裾打了个结。河水冰凉刺骨，她的脚趾忍不住弯曲起来，但感觉相当舒服。一会儿后，她朝地面坐下，脚仍浸在水里。

他走向前，坐在她身旁。

"抱歉朝你举枪，你吓着我了。"

"我也很抱歉，"她说，"但你看起来好惬意。"

"这种天气，这么做最棒了。"

他们一起盯着流过脚边的河水。水面涟漪粼粼，水下浅色的皮肤因波光闪动，竟像干旱中燃烧的烈火。

“你叫什么名字？”她问道。

“赫伍德。”

“赫伍德，”她试着揣摩名字的发音，“那是你的姓氏吗？”

“不，我的全名是赫伍德·曼恩。你的名字是？”

“伊丽莎白。伊丽莎白·康恩。我不喜欢别人叫我伊丽莎白。”

“真遗憾。”

她瞥向他，他看起来万分认真。

她有点不懂他的口音。她已经发现他不是当地居民，说起英文自然不费力，但是带有腔调，元音的发音听起来有些奇怪。

“你从哪里来？”她问道。

“这附近，”他突然站起身，“我得让马喝点水。”

他爬上岸时又踉跄了一下，这次伊丽莎白没有笑。他直直走向树林，没有去取装备。步枪还摆在那儿。他回头望向她一次，她转头当没看见。

他回来时，把两匹马都牵来了。她站起身，把自己的马领到水边。

站在两匹马中间，伊丽莎白轻抚赫伍德的马的颈子。

“它好美，”她说，“这是你的马吗？”

“不算是，我只是比较常骑这一匹。”

“你怎么称呼它？”

“我……没有给它取名字。我该这么做吗？”

“看你的想法了。我的马也没有名字。”

“我很喜欢骑马，”赫伍德突然说，“那是我工作时最喜欢的事。”

“骑马，还有在河里玩水。你是做什么的？”

“我……呃，没有确切的说法。那你呢？”

“我是护士。至少那是我的正式职称。我还做很多其他的事。”

“我们有护士，”他说，“在……呃，我来的地方。”

她的兴趣又被勾起，望着他：“那是哪里？”

“一座城市。在南方。”

“叫什么名字？”

“地球。不过我们平常都只说是城里。”

伊丽莎白犹豫地微笑，不确定自己听得是否正确：“再多告诉我一些。”

他摇摇头。马儿已经喝完水，正用鼻子互蹭。

“我想我该走了。”他说。

他快步走向装备，全都捡起，匆匆塞进鞍袋中。伊丽莎白好奇地看着他。他收拾完毕后，拾起缰绳，转身牵马走上河岸。他站在林地边，回过头来。

“我很抱歉，你一定觉得我很没礼貌。只是……你和其他人不一样。”

“其他人？”

“这附近的人。”

“那是坏事吗？”

“不是。”他环视河岸，仿佛想找借口继续留下。忽然，他又改变心意，不打算离开了。他把马拴在最近的树旁。“我可以问你一件事吗？”

“当然。”

“不知道……你是否愿意让我画你呢？”

“画我？”

“对……只是素描。我才开始画了没多久，还画得不太好。在这附近时，我会花很多时间画下见到的事物。”

“我遇见你时，你就是在画画吗？”

“不，那只是地图。我说的是真的画图。”

“好吧。你要我摆什么姿势吗？”

他在鞍袋里摸索一阵，拿出一捆纸张，各种尺寸都有。他紧张地翻找，她看见纸张上头有许多素描。

“站在那里就好，”他说，“不……站在你的马旁边好了。”

他坐在河岸边缘，把纸平铺在膝盖上。她看着他，对于急转直下的发展仍有些不安，并越来越感到局促，而她平时可不会这样。他越过纸张盯着她。

她站在马旁，手臂环抱马匹颈部下方，从另一侧轻拍马儿，马儿则用鼻子轻碰她，作为回应。

“你的站姿好奇怪，”他说，“面向我多一些。”

她更加局促不安，并发现自己的姿势生硬而不自然。

他开始动笔。一页又一页，她开始慢慢放松。她决定不再注意他，继续轻拍马儿。一会儿后，他请她坐上马鞍，但她感觉累了。

“可以看你的成品吗？”

“我从没让其他人看过。”

“拜托嘛，赫伍德。我也从没被别人画过。”

他翻过那叠纸，取出两三张：“我不知道你会怎么想。”

她接过来。

“天哪，我有那么瘦吗？”她脱口而出。他试着从她手中把画拿走：“还我。”她转身背对他，翻阅其他画。还是看得出来画的是她，但是他画的比例却很……不寻常。她和马都画得太高、太细瘦了。没有因此画得不好，只是看起来相当古怪。

“拜托……把画还给我。”

她把画还给他，他便把那几张放到那叠最底下。他猛然转身背向她，走向自己的马。

“我冒犯到你了吗？”她问道。

“没事，我早知道不该给你看的。”

“我觉得你画得很好，只是……看到别人眼里的自己，我的冲击有点大。我说过没被别人画过嘛。”

“你很难画。”

“我能看看你的其他作品吗？”

“你不会感兴趣的。”

“听着，我不是顾及你的自尊心，是真的想看。”

“那好吧。”

他把整叠纸交给她，继续走向马儿。她坐下，看起他的画，并注意到赫伍德在后头假装调整挽具，其实是在偷看她的反应。

画中描绘了各种主题，好几张是他的马：正在吃草的，站立的，回头的。画得非常写实，令人惊艳。他能用简洁的线条捕捉马儿的神韵，昂扬却温顺，受人驯养，却仍独立自主。古怪的是，画中的比例完全正确。另外也有几张人像——是自画像，还是她先前看到的那个男子？有男子身穿斗篷、没穿斗篷、站在马旁，还有正在操作她先前看到的那个摄影机的画像。这些画的比例也几乎完全正确。

还有几张风景画：树木，河流，一座以绳索拖曳的古怪建筑，远处的山棱。他不太会掌握视角，有时比例不错，其他时候则严重扭曲，有种说不上来的奇怪。或许是透视技巧出了问题？她的艺术词汇不足以精确形容怪在哪里。

她在最底下找到为她画的画像。前几幅画得不太好，明显是前几次习作。他给她看的那三张是画得最好的，但是她和马儿细长的样貌仍令她不得其解。

“如何？”他问道。

“我——”她一时找不到合适的说法，“我觉得画得很不错，非常特别。你的眼光很独到。”

“画你特别困难。”

“我特别喜欢这张。”她翻过整叠画纸，找到马匹鬃毛飞扬那幅，“画得栩栩如生。”

他绽出微笑：“我也最喜欢那张。”

她再次浏览图画。有些令她不解的图案……在其中一张男子肖像画中，有四个尖角的古怪形状高挂在背景上。这个形状也出现在她的每幅画像中。

“这是什么？”她指着图案问道。

“太阳。”

她微微皱眉，决定不再追问。她觉得自己对他身为艺术家的自尊已造成足够伤害了。

她选出三张当中觉得最好的一幅。

“这张可以给我吗？”

“你不是不喜欢吗？”

“我喜欢，觉得令人惊艳。”

他仔细端详她，像在猜她说的是不是实话，然后从她手中接过那叠纸。

“那你想要这张吗？”

他把那幅马匹的画像递给她。

“我不能收，这张不行。”

“我想要你收下，”他说，“你是第一个看过这画的人。”

“我——谢谢你。”

他小心翼翼地把纸张收回鞍袋扣好。

“你说你叫伊丽莎白？”

“我喜欢别人称呼我为丽兹。”

他严肃地点点头：“再见了，丽兹。”

“你要走了吗？”

他没有回答，但解开缰绳，翻身上马。他骑向河岸，哗啦哗啦地蹚过河流，驾马攀上对岸，几秒后便消失在树林中。

3

回到村里，伊丽莎白发现自己无心继续工作。她还在等医疗物资寄到，说要派医师来，也等了超过一个月了。她已尽力确保村民饮食均衡（但是食物补给有限），也尽量为村民处理较容易应付的毛病，如身体疼痛、长疹子等等。上周她为一名产妇接生，在那之前，她觉得自己根本没有什么贡献。

现在，在河边的奇遇仍记忆犹新，她决定提早回到总部。

她离开前找到了路易斯。

“那些人回来时，”她说，“探探他们想要什么。我明早回来，若他们比我早到，记得留住他们。看你能不能得知他们从哪里来。”

到总部将近七英里，她抵达时已经入夜。这里几乎废弃了：许多人员会一连在外待上好几晚，然而托尼·查普尔却在她回房的路上拦住她。

“你今晚有空吗，丽兹？或许我们可以——”

“我很累了。今晚想早点休息。”

起初刚抵达时，伊丽莎白被查普尔吸引，而且不小心让他得知了。工作站的女性很少，他热切地回应伊丽莎白的情感。从那之后，他总是对她献殷勤。尽管伊丽莎白已发现他其实相当无趣又以自我为中心，却找不到礼貌的拒绝方式，不知如何让他打退堂鼓。

他试着游说她一起——天知道他想干什么——几分钟后她才设法摆脱，回到自己房间。

她把包丢到床上，解衣，淋浴许久。

后来她去觅食，托尼果不其然又跟来了。

用餐时，她想起要问他一件事。

“你知道这附近哪里有名为地球的城镇吗？”

“地球？那个行星地球？”

“听起来像。我可能是听错了。”

“我没听说过。在哪里？”

“附近某处，总之不远。”

他摇摇头。“提裘？蒂久？”他放声大笑，弄掉了叉子，“你确定吗？”

“不……我也不确定。可能听错了吧。”

托尼继续以他自己“独特”的方式讲着谐音笑话，直到她再找到借口溜走。

其中一间办公室里有张很大的地图，涵盖附近区域，但她没在赫伍德说的方向上找到任何城镇。他说城市在南方，但是往南将近六十英里内都没有大型聚落。

她真的筋疲力尽了，决定回房。

她解开衣物，拿出赫伍德给她的两张画像，用胶带贴在床边的墙上。他为她画的画像真的很诡异……

她更仔细地检视。图画用的纸看来很老旧，边缘泛黄。看着纸缘，她发现纸张顶端和底端有些毛边，是撕开纸张时留下的痕迹。线条相当直。

她试着触摸，感觉到指尖规律地震动：这纸曾经打过洞……

她注意不伤到图画，小心地把纸张从墙上取下。

她发现图画背面的一侧印了一栏数字，其中几个数字打了星号。

侧边以浅蓝色墨水印了一串文字：IBM折叠报表纸™。

她又将素描贴回墙上，不解地盯着看了许久。

4

次日早晨，伊丽莎白又发了一封电报，请求派遣医师，便出发前往村落。

她抵达时，日间高温笼罩，村落已弥漫着昏昏欲睡的气息；她刚来到这里时，曾为这样无精打采的气氛感到恼怒。她在教堂的遮阴中找到路易斯和另外两名男子。

“他们回来过吗？”

“今天没有，康恩小姐。”

“他们说何时会再回来？”

他慵懒地耸耸肩：“某时，今天，或明天。”

“你有没有试着——？”

她停顿，对自己感到懊恼。昨天她本想把那袋肥料带到总部进行分析，心有旁骛竟然忘了。

“他们来时记得告诉我。”

她去探望玛丽亚与新生儿，但是无法专心工作。稍晚她监督人员准备向所有来者供应的餐点，接着前往工坊与德桑托斯神父说话。这段时间内，她都竖着耳朵倾听是否有马蹄声到来。

她不再试着为自己找借口，径自走至马厩，上马。她离开村落，向河流骑去。

她试着避免沉浸于自己的思绪中，避免检验自己的动机，却无可遁逃。过去二十四小时显得如此重要。她选择被派至这里工作，是因为她在家乡感觉人生好像要虚度了；抵达之后，却又困于另一种挫折感中。尽管怀抱行善的意图，也看似有所作为，但这里的工作除了勾勒“复苏”景象，并不能为当地的贫穷居民带来什么实际的改变。一切付出都太少、太晚了。这里一点政府救济的粮食，那里几剂疫苗，或者帮忙整修教堂，这些都很好，总比什么都没有来得好。但问题根源仍无法得以解决：集中型计划经济崩坏了。除了人民以一己之力能取得的，这片土地上一无所有。

赫伍德闯进了她的生活，这是她抵达以来，好奇心第一次被勾起。她深知自己骑马穿过荒原朝林地前进的动机复杂。或许纯粹只是好奇，但还有更深层的原因。

工作站的男性总是耽溺于他们以为自己扮演的角色，抽象地高谈集体心理学、社会调适、行为模式等等。而在她较为愤世嫉俗的心态看来，他们的观点相当可悲。除了倒霉遇上托尼·查普尔，她对这里的其他男性不曾产生任何兴趣，这是她出发前始料未及的。

赫伍德则不同。她不愿对自己明说，但她心知肚明自己为何骑马来找他。

她找到河岸同一处地方，让马儿喝水。一会儿后，她把马拴在树荫下，自己坐在水边等待。她再次试着阻挡心思奔腾：思绪、想望、疑问。她努力专注于周围环境，躺在岸边，沉浸于阳光中，闭上双眼。她倾听着水流过河床砾石，林间温风徐徐，昆虫嗡鸣；干燥灌木的气味，炎热的土，温暖。

过了许久。在她身后，马儿每过几秒就轻摇马尾，耐心地挥赶成群飞虫。

她听见另一匹马的声音，立刻睁眼，坐起身。

赫伍德在对岸，他举手致意，她也挥手回应。

他立即下马，快步沿着河岸走至她正对面。她在心里微笑：他显然兴致高昂，试着要花招逗她开心。他站在对岸，不知为何倾身，试图用手倒立。试了两次才成功，马上又伴着一声呐喊和四溅水花，他摔了下来。

伊丽莎白跳起来，穿过浅水跑向他。

“你还好吗？”她问道。

他向她微笑：“我小时候做得到的呀。”

“我小时候也可以。”

他站起身，懊悔地低头看着身上湿透的衣服。

“很快就会干了。”她说。

“我去牵马。”

他们又哗啦啦地渡河，赫伍德让马站在伊丽莎白的马旁边。她又在河岸坐下，赫伍德挨着她坐下，在阳光下伸直双腿，希望衣服能快点晒干。

他们身后，两匹马头尾相对，用尾巴为彼此挥赶脸前的飞虫。

疑问，好多疑问……但她暂时全都忍下了。她享受这样的神秘，还不想让理解破坏掉吸引力。合理的解释是：他也是外派人员，来自与她类似的工作站，只是没来由地刻意作弄她。即使确是如此，她也不在乎，只要他人在这里就够了，她已整理好自己的心绪，只需享受他不经意为她带来的机会，暂时摆脱例行公事。

据她所知，他们唯一的联结是他的素描，所以她要求再看看那些图画。他们讨论这些素描，聊了许久，他表达自己对各种事物的兴趣，她则好奇地发现所有的图都画在旧的电子计算机打印用纸背面。

最后，他说："我以为你是土鬼。"

他发出一个长元音，类似五的发音。

"那是什么？"

"附近居民的一种。他们不会说英语。"

"有几个人会，但说得不好。我们教了他们才学会。"

"谁是'我们'？"

"交派我工作的人呀。"

"你不是城里人吗？"他突然说，眼神飘移。

伊丽莎白霎时有些紧张。他前一天神情举止也是如此，后来就突然离开了。她不想旧事重演，至少现在不想。

"是指你的城市吗？"

"不……你当然不是城里人。你是什么人？"

"你知道我的名字。"她说。

"对，但是你是从哪里来的？"

"英格兰。我在大概两个月前来到这里。"

"英格兰……在地球上，对不对？"他若有所思地盯着她，似乎完全忘记了素描的事。

这问句太过奇怪，令她紧张得笑出声。

"我离开前，是还在地球上没错。"她说，试着以笑话带过。

"天哪！那——"

"怎么样？"

他猛然站起身，转身背向她，走了几步又转身向前，俯身盯着她。

“你是从地球来的？”

“什么意思？”

“你是从……行星地球来的？”

“当然了，我不明白。”

“你是来找我们的。”他说。

“不是的！我是说……我不确定。”

“你找到我们了！”

她站起身，渐渐退开。

她在马匹旁边等。古怪的气氛已经转变为疯狂，她知道自己该离开。她会静观他的下一步。

“伊丽莎白，别走。”

“叫我丽兹。”她说。

“丽兹，你知道我是谁吗？我来自地球城，你一定知道这代表什么！”

“不，我不知道。”

“你没有听说过我们的事吗？”

“没有。”

“我们已经在这里上千英里……很多年了。接近两百年。”

“城市在哪里？”

他的手向东北方挥舞：“往那边，往南大约二十五英里。”

她没有对方向矛盾做出反应，只觉得他大概弄错了。

“我可以去看看你的城市吗？”她说。

“当然了！”他兴奋地抓住她的手，放在她的缰绳上，“我们现在就去！”

"等等，你们城市的名字怎么拼？"

他拼给她。

"为什么叫这个名字？"

"我不知道，大概因为我们来自行星地球吧，我想。"

"为什么你们要区分这两者？"

"因为……这不是很明显吗？"

"不。"

她发现自己只是把他当成疯子勉强配合他，可他眼里只闪耀着兴奋之情，而非狂热。然而，她的直觉警告自己小心。近日以来，她越来越仰赖自己的直觉。她现在什么也无法确定了。

"因为这里不是地球呀！"

她说："赫伍德，明天在这里等我，约在溪边。"

"我以为你想看我们的城市。"

"是的，但不是今天。若城市在二十五英里外，我得换匹新马，向上司报告。"她在找借口。

他犹豫地看着她。

"你觉得是我胡诌的。"他说。

"不是。"

"那还有什么问题？我跟你说，从我有记忆开始，甚至我出生前好几年，我们城市就一直在等地球来的人解救我们，抱着这个盼望努力生存。现在你来了，却觉得我是疯子！"

"你就在地球上。"

他张嘴又闭起。

"你为什么这样说？"他问道。

"我为什么不该这么说？"

他再次抓住她的手臂，拉着她转身。他指向上方。

“你看见什么了？”

她以手遮住眼睛，阻挡艳阳：“太阳。”

“太阳！太阳啊！太阳看起来是什么样？”

“不怎么样。放开我……你弄痛我了！”

他放开她，匆忙地从散落的画中翻找。他拿起最上面那张，举到她面前。

“这就是太阳！”他大叫，指着图画右上角的古怪形状，几英寸旁就是他画的她的细长人形，“那个就是太阳！”

心猛烈地跳，她扯下树上的缰绳，攀上马鞍，脚跟一蹬。马儿旋身，她背对河岸飞驰而去。

在她身后，赫伍德仍站着，手里还握着他的画。

5

伊丽莎白抵达村落时已经入夜，她认为来不及回总部了。反正她也不想回去，她在村里有地方可过夜。

主街空无一人。这不寻常，通常这个时间，村民会坐在家门外的土地上，边闲聊边喝着当地唯一酿得出的浓厚烈酒。

教堂传出声响，于是她往那里去。村里的男人大多聚集于教堂中，还有少数几名妇女，其中一两人在哭。

“发生什么事了？”伊丽莎白向德桑托斯神父问道。

“那些人回来了，”他说，“他们提出要交易。”

他远远站在一旁，明显无力影响村民的决定。

伊丽莎白试着理解讨论内容，但现场有太多喊叫声，连站在倾颓祭坛旁的路易斯，纵然醒目，也无法在喧嚣之中对众人发言。伊丽莎白与路易斯眼神交会，他立即靠过来。

“如何？”

“那些人今天来了，康恩小姐。我们会同意他们的条件。”

“这里看起来没有太多人同意。他们的条件是什么？”

“公平的条件。”

他回头朝祭坛走，可伊丽莎白抓住他的手臂。

“他们要什么？”她问道。

“他们会给我们许多药品和很多很多食物，还有更多肥料，他们还说会帮我们重建教堂，虽然我们不需要这个。”

他眼神闪烁，不时飘向他处，避免直视伊丽莎白的双眼。

“那他们要什么回报？”

“只有一点点。”

“快点说，路易斯。他们要什么？”

“十个女人，不算什么。”

她惊诧地瞪着他：“你怎么——？”

“他们会好好照顾她们的。会确保她们健康，而且送她们回来时，会再给我们更多食物。”

“那她们怎么说？”

他瞥向身后：“不大高兴。”

“想也知道。”她望向在场的六名妇女。她们站在一起，周围的男性已然流露心虚、温顺的神情。“他们要这些妇女做什么？”

“我们没问。”

“因为你们也猜得出来，”她转向德桑托斯，“那现在怎么办？”

“他们已经打定主意了。”他说。

“但为什么？大家总不会真的打算拿妻女去换几袋谷物吧？”

路易斯说：“我们需要他们给的东西。”

“可是我们已经承诺会带食物来，医师也在路上了。”

“是，你们是如此承诺。你们抵达这两个月来，食物很少，没有医师。这些人信守承诺，我们看得出来。”

他转身背向她，回到群众前方。不一会儿，他提议举手表决。结果同意交易，在场没有一位女性参加投票。

伊丽莎白彻夜难眠，早晨起床时，她已经知道自己打算怎么做。

那天一连串的事件都出人意料。讽刺的是，她直觉中最会实现的事并没有发生。现在，她既然已能用不同角度看待与赫伍德的相遇，便能理清她原先的期待：她先前确实为了赫伍德而躁动，骑马到河边，便是准备受他诱惑，来场浪漫邂逅。若非最后他的眼神由狂热占据，她还是可能受他吸引。即使到现在，只要想起他们俩林间的对话，她仍无法平复过来。她的感受既不是恐惧，也不是惊叹，而是介于两者之间。

“太阳看起来是什么样？”他的声音仍回荡不去。

无疑，事情不只如表面这么简单。赫伍德前一天的举止完全不同。她当时触及了一股埋藏的情感，而他的反应与一般人无异。那时并不能看出疯狂的迹象。而且，若不是她谈起他的生活、自己的生活，他也没有出现这样的反应。

再说，关于计算机打印纸的谜团仍无解。方圆一千英里内只有一台电子计算机，她确知其地点，也知道其功用。那台计算机并不用纸打印，更肯定不是IBM。她听说过IBM电子计算机；任何受过基本计算机训练的人都听说过，可是IBM从“大崩坏”之后就不再生产计算机了。无论还能不能用，就算有计算机完好地保留下来，也都在博物馆里。

最后，造访村落的斗篷男子提出的交易更是完全超出她的预期。她感到相当意外，不过回想路易斯第一次和他们对谈的神情，她敢肯定他已隐约猜到易货条件是什么。

这一切，想必以某种方式彼此关联。她已知造访村落的男子和赫伍德来自同一个地方，而且他的举止多少与这次交易有关。

剩下的问题是，在这一切当中，她究竟扮演何种角色。

严格来说，村落与村民是她和德桑托斯的责任。起初总部主管曾拜访过村落，但是上层更关注修复岸边的大港。理论上，她应听令于德桑托斯，但他只是被塞进公立神学院的几百名当地学生之一。政府的目标是把宗教带回边陲地区。传统上，宗教是此地人民的鸦片，传教工作是第一要务。然而，这里的现实处境不证自明：德桑托斯的工作尚须多年耕耘，前几年最为艰难，多数精力都投注于重建教堂，尽力使教堂再次成为当地社群的社会与精神领袖。村民忍受他的存在，但他们听从的对象是路易斯（以某种程度而言）和伊丽莎白。

向总部寻求指引也同样无用。尽管机构里的人都善良而诚挚，但他们的志业尚在初生阶段，都还是理论与空想。以妇女换取食物这样单纯而人性的困境，恐怕超出他们的能力范畴。

若要采取任何行动，她只能靠自己了。

她并非骤然做出决定。温暖而漫长的夜里，她反复衡量利弊，考虑风险与效益。无论她怎么看，都觉得自己的选择是唯一方法。

她很早便起床到玛丽亚家。她必须尽快行动，对方说他们日出后很快就会抵达。

玛丽亚醒着，婴儿正在哭。她已经得知村民前一晚的决定，伊丽莎白一到就急着质问她。

“没时间讲这个了，”伊丽莎白唐突地说，“给我衣服。”

“但你的衣服很漂亮呀。”

“我要你的衣服，什么样式都可以。”

玛丽亚怀疑地嘟哝着，找来一些粗陋的服装，摊开让伊丽莎白挑拣。衣服全都磨损不堪，想必全都没沾过清洁剂或水。这对伊丽莎白的计划倒是十分理想。她挑了件破烂松垮的裙子和看起来是男装的米色上衣。

伊丽莎白脱下自己的衣服，连内衣也脱下，再穿上玛丽亚的。她把自己的衣物叠整齐，交代玛丽亚收起来，等她回来。

“但你现在看起来跟村里的女孩差不多！”

“对。”

她检查婴儿，确认婴儿健康，并再次提醒玛丽亚日常照顾的细节。玛丽亚如常假装听进去了，可伊丽莎白很清楚，若没有她在旁督促，玛丽亚一定会全忘光。但玛丽亚不是已经养过三个孩子了吗？

伊丽莎白赤脚走过尘土飞扬的街道，不确定自己是否能假扮村妇不被认出。她有着一头棕色长发，来这里后晒得较黑，但她晓得自己的皮肤缺乏当地妇女那种光泽。她的手指梳过头发，把头发拨至另一边，希望看起来更为凌乱。

教堂前的广场已经有少数村民聚集，人数迅速增加。路易斯站在中间，试着劝好奇旁观的妇女回家去。

他身后有一小群女孩。伊丽莎白惊骇地发现，她们都是村里年纪最小、最美丽的。很快，路易斯身后就站了十名女孩。伊丽莎白推开群众向前。

路易斯马上认出她来。

“康恩小姐——”

“路易斯，这里年纪最小的是谁？”

他还来不及回答，她就自己认出来了：丽雅，顶多才十四岁。她走向丽雅。

“丽雅，回你母亲那儿去。我代替你去。”

女孩毫不意外也毫无怨言，静静地走开。路易斯瞪了伊丽莎白好一会儿，耸耸肩。

他们没有等很久，几分钟后，三名男子出现，各骑一匹马，又牵着一匹。六匹马皆驮着包裹，三名骑士没多做表示，直接下马，开始卸下带来的物品。

路易斯殷切地看着。伊丽莎白听见其中一人对路易斯说：“我们两天后会把剩下的货带来。要我们整修教堂吗？”

“不了，我们不需要。”

“如你所愿。关于易货协议的内容，有任何想要修改的吗？”

“不，我们很满意。”

“很好。”男子转身面向其他观看交易的群众。他像与路易斯交谈那样，用村民的语言发言，腔调很重：“我们抱持善意，信守承诺。各位或许对我们提出的条件不满，但我们请求各位谅解。我们会好好照顾各位出借的妇女，绝对不会亏待她们。我们与各位同样关心她们的健康与福祉。我们将尽快送她们回家。谢谢各位。”

所谓的仪式就这样结束了。男子让妇女乘马，两名女孩爬上同一匹马，另外五名女孩各骑一匹。伊丽莎白与剩下两人决定步行，队伍离开村落后，很快走向干涸的河床，朝后方广袤的荒原出发。

6

路程中，伊丽莎白和其他女孩们一样保持沉默。她打算尽量保持低调，不被认出来。

三名男子用英语彼此交谈，似乎假定女孩们当中没人听得懂他们在说什么。起初伊丽莎白侧耳倾听，希望得知任何有用信息，但她失望地发现谈话内容多是抱怨炎热、没有荫凉，以及路程多么漫长。

他们倒是真诚地关心女孩们，不时询问她们的情况。伊丽莎白偶尔与其他女孩用村民的语言交谈，发现她们也想着类似的事：觉得很热、口渴，担心不知要走多久。

大约每个小时会停下稍作休息，轮流骑马。三名男子都让女孩骑马，伊丽莎白慢慢同情起他们，明白他们的怨言。倘若目的地如赫伍德所说，距离村落二十五英里，在高温中步行，确实长路漫漫。

过了一会儿，或许疲惫使他们不再顾忌，或者因为每次询问时女孩们都沉默以对，让他们以为肯定没人听得懂英语，三名男子终于聊起与现状较不相干的话题。起初他们仍在嘟哝着天气很热，却突然谈及其他主题。

“你觉得这一切还有必要吗？”

“你说易货制度吗？”

“对，毕竟以前惹过麻烦啊。”

“也没有其他办法了。”

“该死，太热了。”

“不然你觉得该怎么办？”

“我不知道，我又不能做主。假使我说了算，绝对不会在这里晒太阳。”

“我觉得这么做还是有其道理。上一批还没离开呢，也看不出她们有离开的打算。说不定我们很快就不用再易货了。”

“我们总会的。”

“你听起来不太赞同。”

“坦白讲，我确实不赞同。有时我觉得整个体制实在太疯狂了。”

“你听了太多中止者的论调啦。”

“就算是吧。假使你听过他们的意见，就会发现有点道理。当然不全对，可是他们并不像领航员想的那么坏。”

“你疯了。”

“是吧。这么热，谁不发疯啊？”

“回到城市之后，你最好别再提起这些。”

“为什么不？很多人都在讲啊。”

“但他们不是公会成员。你明明往下走过，应该更明事理。”

“我只是比较实际。我们总得听听民众的意见吧。城里想要阻止的人可比公会成员多得多，就是这么回事。”

“诺里斯，闭嘴。”先前对村民发言，至今始终沉默的那名男子说。

他们继续前进。

城市映入视野许久后伊丽莎白才察觉。他们逐渐走近，她极好奇地观察，不理解那些轨道和缆绳装置的用途。原本她猜测那是某种调车场，可是轨道上没有任何车辆，轨道的长度也太短了，不够用以调度。

接着，她注意到不少人似乎沿着轨道巡逻，手里各持着一把步枪或看来像十字弓的武器。其他事物她就无暇注意了，她的注意力完全专注于结构本身。

她听那些男子指称这个结构为“城市”，赫伍德也这么说，但结构看来更像是巨大而畸形的办公大楼。主要由木材建成，看起来不太安全。整座建筑似乎服膺功能主义，并不美观，但设计简洁，整体不至于丑陋。她想起以前看过“大崩坏”以前的建筑，尽管当时多数建材是钢筋水泥，那样方正、单调、外观不作赘饰的风格，似乎与眼前结构相似。不过，从前的建筑都很高，这栋古怪建筑看起来不超过七层楼高。木材老化的程度不一。她目光所及的部分，多数由于经历天候褪至浅色，但也看得见较新的部件。

三名男子领着他们直接来到建筑底下，进入一个漆黑的通道。他们在这里下马，几名年轻男子前来将马牵走。

男子领她们穿过通道的一扇门，又穿过另一扇门，到了一个光线耀眼的门廊。

门廊尽头，又有另一扇门，而三名男子把她们留在这里便离开了。门上印着标示：人口转移营舍。

里头两名妇女前来迎接，用村民语言与她们交谈，但是口音非常重。

伊丽莎白一旦决定假扮村里的妇女，就无法回头了。

接下来几天，她经历了各种检验与手续。若不是她已经猜到原因，肯定认为这些程序颇羞辱人。她被要求沐浴、洗净头发。经过体检，检查视力，检查牙齿，检查头发与头皮是否有寄生虫，并经历了她推测为性病检测的手续。

毫不意外地，她通过了所有检验。十名女性中，只有伊丽莎白都通过了。接着，她被送到另外两名女性那边，教她说基本的英语。这令她暗暗觉得有趣，尽管她尽可能拖慢教学进度，仍很快就被认为足够流利，可以结束初步培训。

刚到的前几晚，她睡在转移中心的公共宿舍中，现在她获得了自己的小房间。房里干净整洁，配置简单家具。有一张窄床，一处挂衣空间（她获得两套一模一样的衣物），面积大概四平方英尺。

进城八天了，伊丽莎白不禁开始怀疑她这么做到底能成就什么。自从离开转移营舍，她就被指派到厨房工作，彻底的苦差事。晚上不用工作，但她被吩咐每天至少要在一间接待室待上一两个小时，他们要她和那里的人社交互动。

这间接待室就在转移营舍旁。伊丽莎白注意到房间一端有个小小的吧台，饮料选择少得惊人，旁边还有一台古老的放映机。她打开开关，连接放映机的录影带装置开始播放喜剧节目。虽然节目中隐形的观众整场笑个不停，她却完全看不懂。所有的笑点都属于某个特定时代，对她来说毫无意义。她读过节目介绍，从版权信息得知节目是1985年录制的。距今超过两百年了！

她待在接待室的时候，那里通常人不多。一个来自转移营舍的妇女在吧台后面工作，总是维持制式的微笑，可伊丽莎白对其他人实在提不起兴趣。偶尔会有几名和赫伍德一样身穿深色制服的男性过来，另外还有两三名当地女孩。

一天在厨房工作时，她意外解开了一直困扰她的谜团。

她那时正将干净的陶器收至金属碗柜中，目光注意到碗柜某处，几乎已经完全认不出原来的样子了，元件已被全部拆除，里头装上了木制隔板，但隔着漆仍看得出其中一扇柜门上的IBM商标。

伊丽莎白尽可能地探索城市其他区域，看见的一切都令她好奇。进城前她预期自己会像囚犯一样，但除了交付给她的职责，她可以自由行动，做自己想做的事。她与人交谈，观察，留意细节，然后思考。

一天她走进一间供大众休闲使用的小房间，在桌上找到几张整齐地钉成一叠的印刷文件。她好奇地瞄过封面，第一页标题写着：德斯汀指令。

后来，她在城里四处闲逛时又发现许多这样的印制文件。随着好奇心逐渐增长，有一天她终于拿起一份读完。看过内容之后，她马上藏了一份在床单里，打算离城时一起带走。

她开始慢慢了解了。她反复地读德斯汀指令，直到文字几乎已经烙印在她的记忆中。然后她又想到赫伍德，他狂乱的神情与话语。她试着记起他当时所说的话。

随着时间流逝，她渐渐理出合逻辑的解释。但这一切当中，却有个无法消除的瑕疵。

城市与居民的存在全都建构于一个假设之上：他们所处的世界不知为何是颠倒的。不仅是周围环境，连所处宇宙中的所有物体都是颠倒的。德斯汀绘出的形状——沿着双曲线向南北延伸的立体世界——是他们心目中世界的样貌，也和赫伍德画中太阳诡异的形状彼此呼应。

一天，伊丽莎白经过一处正在重建的区域，终于明白问题出在哪里了。

她抬头望向太阳，以手盖住双眼。太阳仍是她向来所知的形状：一颗光芒万丈的灿烂圆球，高挂于天空。

7

伊丽莎白计划隔日早晨离城，取一匹马，骑回村落。她打算从那儿回到总部，请一段时间的假。反正她的休假再过几周就到了，她确定可以提前离开，不会太过麻烦。到时她就有四周时间可以回英格兰，看看有没有政府单位对她的发现有兴趣。

决定后，为了不引人起疑，她还是照常到厨房工作，晚间她到接待室去。

穿过房门时，最前面的男子就是赫伍德。他正背对着她，和其中一位转移入城的女孩说话。

她走过去站在他身后。

“你好，赫伍德。”她悄声地说。

他转身，认出她来，惊奇地看着她。

“是你！”他说，“你在这里做什么？”

“嘘！我不能显出英语流利的样子，我现在是转移入城的妇女之一。”

她走向房间无人的一角。赫伍德跟过去时，吧台后的女子朝赫伍德点点头，仿佛施恩于他一般，露出赞许的神情。

“听着，”伊丽莎白急着说，“上次那样我很抱歉。我现在比较理解了。”

“我也很抱歉，吓着你了。”

“你和任何人提起过吗？”

“说你来自地球的事吗？没有。”

“很好。什么都别说。”

他说：“你真的是从行星地球来的吗？”

“是的，而且我希望你别那样称呼地球。我来自地球没错，你也是。这其中有个误会。”

“天哪，误会可大了。”他比她高了九英寸，低头看向她，“你在这里看起来不一样了——话说回来，你为何要转移入城？”

“那是我能想到的唯一的进城办法。”

“我答应会带你来的，”他环视室内，“你和谁结为伴侣了吗？”

“没有。”

“别这么做，”他说话时不停回头顾盼，“你有自己的房间吗？比较好讲话。”

“有，走吧。”

他们进房后她关上门。虽然墙板很薄，但至少他们看起来有点隐私。她猜想为何他与她交谈需要如此小心翼翼。

她坐在椅子上，赫伍德坐在床沿。

“我读完德斯汀的文件了，”她说，“真有意思。我好像听说过他，他是谁？”

“城市的创始者。”

“对，我猜到了。但他是因为别的事情出名的。”

赫伍德一脸空白："你能理解他的文字吗？"

"一点点。他真的很疯狂，彻底迷失了。可他弄错了。"

"弄错什么？"

"城市和处于这个世界的危险。他写得好像他们被传送到另一个世界似的。"

"就是那样啊。"

伊丽莎白摇摇头："赫伍德，你们从未离开地球。我现在坐在这里，告诉你，我们就在地球上。"

赫伍德绝望地摇摇头："你错了，我知道你是错的。不管你说什么，德斯汀知道真相。我们正在另一个世界里。"

伊丽莎白说："之前——你画我的那天，在我身后画了太阳。你画了类似双曲线的图形。那是你所看见的形状吗？你把我画得太高了，那是你眼中的我吗？"

"那不是我眼中的太阳，而是太阳实际的形状。也是世界的形状。我把你画得很高，因为……那时我见到的你就是那样的。我们那时在城市以北很远的地方。现在……这太难解释了。"

"试试看。"

"不。"

"好吧。你知道我见到的太阳是什么形状吗？是正常的——圆形，球体，随便你怎么说。我们只是感知不同，难道你没发现吗？你的感知能力出了问题，让你得出错误结论——我不确定原因，但是德斯汀的感知能力也出错了。"

"丽兹，这不只是感知的问题。我亲眼见过、亲身体验过这个世界的不同。无论你怎么说，这一切对我来说都是真实的。我不是唯一。城里多数人都具有同样的知识。体制从德斯汀开始，是因为他当初在场。就是因为有这样的知识，我们才能存活这么长的时间。这是一切的根本。要不是知道这点，我们不会设法让城市持续前进。”

伊丽莎白正要说什么，但赫伍德继续说：“丽兹，我们那天相见之后，我需要时间思考，就往北边骑，骑了很远。我见到的景象，将会考验城市的生存能力，而且这项考验比以往都更为艰巨。与你相遇……不知该怎么说，超出我的预期。但是我们的相遇却间接导致了更大、更要紧的事。”

“什么事？”

“我不能告诉你。”

“为什么不？”

“除了领航员，我谁也不能说。他们决定暂时保密，时机太糟，消息传出就不好了。”

“什么意思？”

“你有听过中止者吗？”

“有，但我不知道他们是谁。”

“他们是——城里的一个政治团体。他们希望阻止城市继续前进。若消息现在传出去，会造成很大的麻烦。我们才刚挺过一次重大危机，领航员不希望又来一个。”

伊丽莎白瞪着他，一语不发。她看待自己的角度顿时变了。

她发现自己介于两个现实之间：她所属的现实，还有他的世界的现实。无论他们俩的距离多近，两个现实都没有可能交集。就像德斯汀用以描绘所知世界的线条，她从一轴试图与他靠得越近，她在另一轴与他的距离就拉得越远。不知怎的，她让自己牵扯进这桩闹剧；两套逻辑无法同时成立，她也不知该如何消除个中矛盾。

她被赫伍德的真诚触动，亲眼看见城市与居民的存在，她甚至能逐渐接受他们为了生存形成的各种古怪概念。然而，她心中唯一无法排除的就是那最根本的矛盾。城市和城市中的居民都存在于地球，她所知的地球。无论她目睹何事，无论赫伍德怎么说，这都是不容抹灭的根本事实。与其抵触的证据完全不合理。

两种现实彼此对峙时，就会形成僵局。

伊丽莎白说："我明天就要离城了。"

"跟我一起走。我要再往北。"

"不，我得回到村落去。"

"是易货商带回妇女的村落吗？"

"对。"

"我就要往那个方向。我们可以一起骑马过去。"

另一个僵局：村落位于城市的西南边。

"丽兹，你为什么要来这里？你又不是当地妇女。"

"我想见你。"

"为什么？"

"我不知道，你吓到我了，但我见到其他和你很像的男子，他们和村落居民交易。我想要弄清真相。现在我宁可当初没那么做，因为你还是吓着我了。"

"我该不会又对着你胡言乱语了吧？"他说。

她笑出声，并发现这是她进城以来第一次笑。

"不，当然不是了，"她说，"而是……我说不上来。我原本认为理所当然的一切，在城市这里都不同。不是日常琐事，而是更深远的——例如存在的意义。这里凡事都凝聚了极大的决心，仿佛城市是人类存在的唯一焦点。我知道不是这样的。世界上还有百万件别的事可以做，生存固然重要，但不是最主要的目标。在这里，你们认为生存最重要，须不计代价。我到过城市外头，赫伍德，离城市很远很远的地方。无论你怎么想，这里都不是宇宙的中心。”

“这里就是，”他说，“因为要是我们不再相信这一点，我们都会死。”

8

伊丽莎白离城并没有碰到任何麻烦。她和赫伍德与另一个他介绍是未来测绘师布雷恩的男子一起下楼到马厩，牵了三匹马，朝赫伍德宣称是北方的方向骑去。同时，虽然她从太阳的位置判断他们其实是朝着西南方前进，她却没有提。这时她已经对这些与她逻辑相悖的事物太过熟悉，觉得没有必要再向他提起。纵使无法理解，她已能够接受城市的行事规则。

他们骑马出城时，赫伍德指向城市装设其上的巨轮，解释说，虽然慢得察觉不到，城市确实在向前前进。他说城市每十天前进约一英里，向北，或向西南，无论她怎么想。

路程花了两天。两个男子说了不少话，对彼此、也对她说，可是她都听不太懂。

她感觉已经超出负荷，无法再接收更多新信息。

第一天晚上，他们抵达距离村落约一英里的地方，她告诉赫伍德自己打算回那里去。

“不，和我们一起走吧，你可以之后再回去。”

她说：“我想回英国。我想我能够帮助你们。”

“你得来看看这个。”

“什么？”

“我们不确定，”布雷恩说，“赫伍德认为你或许知道。”

她抗拒了几分钟，但最后还是和他们一起走了。

说来奇怪，她总是忍不住妥协，让自己牵扯进与这些人有关的各种事物。或许是因为她的某部分与他们有所共鸣，或许是因为城市所处的这片土地世世代代以来因无政府状态而虚耗，城里的社会（尽管行事规则如此古怪）却如此文明，引人入胜。即使她只在村落待了短短几周，那里粗野的作风、全然暮气沉沉无法解决任何最琐碎的问题，都令她精疲力竭，再也无力克服工作上的挑战。但是赫伍德所属的城市和那里的人民，作风则完全不同。他们显然是人类社群的某个旁支，设法从“大崩坏”时期存活下来，流传至今。尽管如此，社会规范依然存在：严明的纪律，责任感，对自己的身份有着深刻且重要的认识，无论他们自认于内、于外的共同之处与差异多么壁垒分明。

因此，当赫伍德请她与他们同行，而且布雷恩也支持他的请求时，她实在无法拒绝。是她主动让自己涉入他们社群的事务当中的。抛下村落不顾的后果可以之后再处理（她可以宣称是为了得知妇女被带往何处），现在她认为自己应该贯彻到底。最终应由某个政府单位出手协助城里的人重新融入社会，但在那之前，只能凭她一己之力。

他们露营过夜。他们只带了两个帐篷，两名男子很有风度地让她自己用一个帐篷，他们俩共用一个。就寝前，他们聊了很长一段时间。

赫伍德显然向布雷恩提过她，说到她与城里的人和当地居民怎么不一样。

布雷恩现在会直接与她交谈，赫伍德在旁边听。他只有偶尔补充几句，证实布雷恩所言不假。她很喜欢那名男子，发现他相当坦率：他尽力不闪避她的任何提问。

整体而言，他证实了伊丽莎白得知的事。他谈及德斯汀和德斯汀指令，提到城市为何必须前进，也说起世界的形状。她已经学会不直接质疑城市的观点，静静听他们说。

她终于爬进睡袋时，尽管一整天骑马长途跋涉、身体疲惫，她却久久无法入眠。两个现实之间的隔阂日渐坚固。

虽然她对自身逻辑的信心不曾动摇，她对城市居民的理解也更深了。他们说，城市居民活在自然法则与地球不同的世界里。她已经要相信他们了。或者说，相信他们的信念真挚，但被错误蒙蔽了。

外在世界并无不同，而是他们对世界的感知不同。但是她又能怎么改变他们的感知呢？

穿过林地之后，他们抵达一片参差起伏的荒原，长草与灌木蔓生。这里没有既成道路，他们只能慢慢推进。此地有股凉爽的风持续吹来，清新冷冽，令他们感官更为敏锐。

渐渐地，植被被长于沙土中的硬草取代。两名男子什么也没说，尤其是赫伍德，直直地瞪视前方，任由马匹自己找路前进。

伊丽莎白看见前方植物完全消失，翻越沙土与砾石堆起的棱脊后，隔着几码低矮的沙丘，就是沙滩。她的马已经尝到空气中的咸味，积极回应她的轻蹬，小跑着穿过沙丘。有那么几分钟，她任由马儿在沙滩前进，沉醉在恣意驰骋带来的愉悦中。沙滩的表面干净如洗、连绵不断，几十年来只有海浪造访。

赫伍德与布雷恩随着她骑至沙滩，现在紧挨着马匹站着，朝水面望去。

她骑马碎步回到他们身旁，下马。

“一路延伸到东西两边吗？”布雷恩问道。

“我勘探过的范围都是。看不出怎么绕过去。”

布雷恩从一个背包中取出摄影机，接至录影机的皮箱，水平地慢慢摆动镜头。

“我们必须测绘东边与西边区域，”他说，“不可能过得去的。”

“完全看不到对岸的迹象在哪里。”

布雷恩对沙滩皱眉：“我不喜欢这边的土，我们得找个造桥师上来看看。感觉这土承受不住城市的重量。”

“总有什么办法的。”

两个男子完全忽略她的存在。赫伍德架起一台有着脚架的小型仪器，支点下的三个挂钩固定住画有同心圆的刻度表。他在图表上悬起一条锤线，测了些读数。

“我们距离最适点很远，”最后他说，“还有很多时间。三十英里呢。城里时间快要一年。你觉得完成得了吗？”

“造桥吗？恐怕需要花不少工夫。我们需要比现在更多的人手。领航员怎么说？”

“看看我的报告。你确认过了吗？”

“是的，我看不出还能补充什么。”

赫伍德继续望向辽阔的水面，几秒钟后才想起伊丽莎白。他转向她。

“你怎么看？”

“关于这里吗？你指望我说什么？”

“说说我们的感知，”赫伍德说，“告诉我们这里没有一条河。”

她说：“这不是河。”

赫伍德瞥向布雷恩。

“你听到她说的了，”他说，“这都是我们想出来的呢。”

伊丽莎白闭上眼，转身。她没有办法继续和彼此抵触的现实对峙。

微风令她有点冷，于是她从马儿那儿拿了毯子，朝沙土棱脊移动。她回头时，两人已经没再注意她，赫伍德架起另一台仪器，正在记录读数。他朝布雷恩喊出数据，声音被风声吹散。

他们缓慢、仔细地工作，每一步都彼此确认读数。一小时后，布雷恩收起部分装备，放上马匹，上马沿着海岸往北骑。赫伍德站着看他离开，身影流露出一股深沉、席卷一切的绝望。

在伊丽莎白看来，或许这是他们之间屏障的小小突破口。她抓紧围在身上的毯子，走下沙丘，朝他走去。

她说：“你知道我们在哪里吗？”

他没有转身。

“不知道，”他说，“我们永远无法得知。”

“葡萄牙。这个国家叫葡萄牙，位于欧洲。”

她转过身来，好看着他的脸庞。他凝视着她好一会儿，但是表情一片空白。他只摇摇头，经过她走向自己的马。屏障屹立不倒。

伊丽莎白走向自己的马，上鞍。她沿着沙滩骑着，随即转向内陆，朝总部的方向直奔。几分钟后，大西洋翻腾的蓝色就从她眼中消失了。

第五部

1

风雨肆虐整夜，我们没人能好好睡。营地离造桥工地约半英里，波浪往内陆涌的声响传到营地时只剩单调的闷吼，几乎被呼啸的强风掩盖。每次浪声暂歇，短暂的寂静中，我们总想象听见木材崩裂成碎片的声音。

日出前暴风稍停，我们终于得以入眠。但只睡了一会儿，日出之后厨房便开工，为我们供餐。用餐时，无人说话。对话总围绕同一个话题，而眼下没人想谈及。

我们往造桥工地出发。只走了五十码，便有人指向一片冲上河岸的断裂木材。这是不祥的预兆，结果证实准确。除了四根主桩仍立于最靠近水边接地处，再往水面那边，桥身已荡然无存。

我瞥向勒鲁。这班由他轮值，负责监督所有作业。

“我们需要更多木材，”他说，“易货商诺里斯，带三十人去伐木。”

我静候诺里斯的反应。工地所有公会成员中，他是最不情愿工作的，先前总是大声地抱怨个不停。他现在却没有反抗。我们都已过了那个阶段。他只是对勒鲁点点头，带着人手，回头去营地拿伐木锯。

“那么，我们又从头开始啰。”我对勒鲁说。

“当然。”

“这次的桥会够坚固吗？”

“如果我们好好建造的话。”

他转身，开始指挥人手清理工地。背后，风雨过后的浪仍大，拍击着河岸。

我们工作了一整天，入夜时工地已经清理干净，诺里斯与其他人将十四棵树运至工地。隔日早晨我们将再次动工。

在那之前，我前夜先去找了勒鲁。他独自坐在帐篷中，像在检查桥的设计图，但我发现他只是空洞地盯着。

他见到我不太高兴。可他和我是工地最资深的，他很清楚，我没事不会来打扰他。我们现在已经岁数相当：由于我在北边工作，增添了许多主观年岁。我们相处有些不自在，毕竟他是我前妻的父亲，但现在我们却是同辈。我们俩都不曾直接谈及那事。维多利亚现在的岁数只比我们成婚时多了几英里，我和她之间的鸿沟已经难以跨越，就算过往我们对彼此多么了解，都已不复存在。

“我知道你为什么来，”他说，“你想跟我说，我们永远造不好这座桥。”

“恐怕很难。”我说。

“不，你的意思是根本不可能。”

“你怎么想？”

“我可是造桥师，赫伍德。‘想’不是我的工作。”

“一派胡言，你自己清楚。”

“也许是吧。可城市需要桥梁的时候，我就造桥，绝不质疑。”

我说："你总得看得到对岸。"

"没差别，我们也能造浮桥。"

"渡河至一半时，我们要去哪儿找木材？该往哪里架设地锚？"我径自坐下，正对着勒鲁，"不过，你错了。我不是来找你谈这个的。"

"那要谈什么？"

"河的对岸，"我说，"在哪里？"

"外头某处吧。"

"哪里？"

"我不知道。"

"你怎么肯定会有对岸呢？"

"一定要有的。"

"那为什么我们找不到？"我问道，"现在河岸往水面距离确实垂直偏离了几度，即使如此，我们还是应该看得见对岸才对。河岸曲线——"

"是向后凹的，我知道。你以为我没想过这点吗？理论而言，我们可以找上一辈子。那雾气又该怎么办？就算天气晴朗，能见范围也只有二三十英里。"

"你打算造一座长三十英里的桥吗？"

"我不觉得有这个必要，"他说，"我们会没事的。你以为我是怎么走到今天的？"

我摇摇头："我完全无法想象。"

他说："你知道他们打算推举我担任领航员吗？"我再次摇摇头。"他们会。我上次进城时，会议开了许久。主要意见认为河流或许没有看起来那么宽。你要记得，最适点以北的空间会垂直扭曲，沿南北线性延伸。的确，这条河很明显是大河，但照理而言，有河就有对岸，领航员认为，等河川跟着地面移动至最适点附近时，我们就看得见对岸了。确实，到时河面可能还是太宽，无法安全渡河，但目前我们只需等待。地面越往南，河就会越窄，到时就有可能造桥渡河了。”

“这么做的风险高得要死啊，”我说，“离心力会——”

“我知道。”

“而且要是到时对岸还不出现，那该怎么办？”

“赫伍德，对岸一定会出现。”

“你知道有其他替代方案吗？”我问道。

“我听说过。说我们可以抛下城市，建一艘船。我绝对不会允许的。”

“因为公会的尊严？”

“才不是！”虽然否认，他的脸却绯红，“实际上行不通。我们无法造出够大或够安全的船。”

“现在造桥也面临同样的难题。”

“我知道，但是我们懂桥。城里有谁知道怎么设计船只？再怎么说，我们都在从错误中学习。只需一再尝试，直到桥梁够坚固为止。”

“但我们快要没时间了。”

“我们现在距离最适点多远？”

“不到十二英里。”

“按城里的时间算，我们还有一百二十天，”他说，“我们所在的位置这么靠北，还有多久时间？”

“主观时间的话，大概有两倍。”

“绰绰有余。”

我站起身，走向帐篷门口。我并没有被他说服。

“顺带一提，”我说，“恭喜你成为领航员。”

“谢了，他们也提名了你。”

2

几天后，勒鲁和我轮值结束，出发回城。桥的重建进度良好，就目前情况而言，工地的气氛还算乐观。我们已建好十码长的平台，可让工班铺设轨道。

马匹留给伐木工班使用，因此我们得步行。一离开河岸，风力减弱，气温骤升。在河边很容易忘记这片土地有多炎热。

我们走了很远，接着我问勒鲁："维多利亚过得好吗？"

"她很好。"

"我现在不太常见到她。"

"我也不常。"

我决定就此打住。维多利亚显然让他的面子挂不住。最近几英里期间，关于河的消息还是无可避免地传了出去。中止者（维多利亚现在已是领导人物之一）的批判声更大了。他们宣称已获得城里八成非公会成员的支持，并主张城市就此停止前进。我最近无法抽身参加领航员委员会会议，不过我想他们应该正在为这件事伤脑筋。他们又打破另一项传统，再次举办宣传活动，向非公会成员宣导世界的真实本质。但是晦涩而抽象的解释根本敌不过中止者诉诸感情的主张。

在心理层面，中止者这回已赢得胜利。现在人力集中在造桥工地，轨道铺设只剩一组工班。尽管城市仍持续前进，但速度不得不减缓，现在已经落后最适点约半英里。民兵成功阻挠了中止者剪断缆绳的计谋，但此事未受多少关注。领航员清楚地知道，真正的危险是：他们在城里的政治权力逐渐减弱。

维多利亚和其他较为畅所欲言的中止者，平时仍履行城市中的工作职责。然而，城里日常的例行公事进度却逐渐延宕，这或许显示出中止者的影响力。表面上，领航员将之归咎于人力调配，因为现在多数资源都投注在造桥工地那儿，但部分人已怀疑起背后的真正原因。

公会这边，则众人一心。成员之间有不少抱怨，也有少数人对领航员的决策不甚赞同，但整体而言，众人皆同意必须继续造桥。城市停下的后果将不堪设想。

“你打算接受领航员的职位吗？”我问勒鲁。

“大概吧。我不想退休，但是——”

“退休？我可没问你是不是要退休。”

“我是指从公会主要工作中退休，”他说，“领航员委员会的新政策。他们认为，让有分量的公会成员加入委员会，能够更有影响力。这也是为什么他们希望提名你加入委员会。”

“我的职责在北边。”我说。

“我的也是。但我们的岁数——”

“你不该考虑退休，”我说，“你可是城里最优秀的造桥师。”

“他们是这么说的。大家都很有礼貌，没人指出我最近建造的三座桥都失败了。”

“你是指这条河边损毁的那些吗？”

“对。而且要是再来一场风雨，新造好的桥随时都会垮。”

“你自己说——”

“赫伍德，造那座桥超出我的能力范围了。我们需要年轻人，需要新的方法。说不定造船正是解答。”

勒鲁和我都了解，此般肺腑之言对他代表的意义。造桥公会可是城里自尊心最强的公会。从来没有建不成的桥。

我们继续走。

几乎从抵达城市开始，我就惴惴不安，想赶紧回到北边。我不喜欢城里现在的气氛。人们好像只是拿自我蒙蔽来取代以往公会的压抑，不愿面对现实。中止者标语到处可见，粗劣的传单于门廊四处散落。人们谈论河边的桥，语带恐惧。轮值结束的人带回一次次失败的消息，说着如何朝看不见的对岸造桥。传言（想必是由中止者散播的）甚嚣尘上，讲到几十人丧命，越来越多土鬼攻击城市。

克劳塞维兹到未来测绘师办公室找我，他现在也是领航员了。他交给我一封领航员委员会发出的正式信函，列出推举我加入的提议人（克劳塞维兹）与附议人（马克马宏）。

“很抱歉，”我说，“我不能接受。”

“赫伍德，我们需要你。你是我们经验最丰富的成员。”

“或许是吧。造桥工地那边需要我。”

“你在这里能够做出更多贡献。”

“我不觉得。”

克劳塞维兹拉我至一旁，偷偷地对我说话。

“委员会正在筹备处理中止者事宜的团队，”他说，“我们希望你加入。”

“你们能怎么处理中止者？不让他们发声吗？”

“不，我们必须和他们妥协。他们想要永远抛下城市，我们会想办法折中，放弃造桥。”

我不可置信地瞪着他。

“我不可能参与其中。”我说。

“不造桥，我们改为造船。船不需要很大，也不需要像城市这么复杂，只要足以载我们抵达对岸，到时我们可以在对岸重建城市。”

我把信函还给他，转身。

“不，”我答道，“这是我最终的答复。”

3

我准备即刻离城，决心回到北边，再到河附近进行测绘。先前的测绘报告证实沿岸并不是圆形，表示它的确是河流，并非湖泊。湖泊可以绕过，是河就得过河。我记起勒鲁一句乐观的说法，他说河流更接近最适点时可能看得见对岸。这简直是孤注一掷了，但要是我能找到对岸，就能平息反对造桥的声浪。

我沿着城市下楼，发现自己的言辞与意图确立了我的行动。我已决定坚持造桥，尽管如此，我却拒绝了左右造桥工程的组织——领航员委员会。某种程度而言我孤立了自己，心情和事实上皆然。若委员会准备向中止者妥协，我终究还是必须屈服。但目前造桥（无论成功多么渺茫）仍是现实中唯一具体的解决方案。

我想起布雷恩说过的话。他曾经把城市描述为狂热的社会，当时我质疑了他的说法。他说，狂热的定义之一是在失去所有希望后仍不断挣扎尝试。城市自德斯汀的时代以来，就一直在逆境中挣扎求生，历经七千英里，没有任何一步走得容易。人类不可能在这个环境中生存，布雷恩说，但是城市却持续存活下来。

或许我承袭了这样的狂热吧，但我感觉现在只有我一人还在乎城市的存亡。对我而言，这一切都体现在造桥上，无论工程看来多么无望。

我在一个门廊遇见格尔曼·杰斯。因为他没有那么频繁往北，现在主观岁数已经比我年轻许多英里了。

“你要去哪里？”他问道。

“向北。目前城里没有我的事了。”

“你不去参加会议吗？”

“什么会议？”

“中止者召开的会议。”

“你要去吗？”我问道。

我的音调显然流露出不赞同，因为他的回答像在为自己辩解：“是的，为什么不呢？这是他们第一次公开召开会议。”

“你支持他们吗？”我问道。

“不——但我想听听他们的说法。”

“要是他们说服你了怎么办？”

“不太可能。”杰斯说。

“那为什么还要去呢？”

杰斯说：“赫伍德，你的心思真的已经完全封闭了吗？”

我张嘴想要反驳——却无话可说。我确实已经完全封闭。

“你难道不相信有不同的观点吗？”他问道。

“我相信——但这事没什么好辩的。他们错了，你和我一样清楚。”

“人犯错了也不代表他们就是愚蠢。”

我说：“格尔曼，你往下走过了，你很清楚会发生什么事。你知道城市会被地面移动带往哪里。我们该怎么做根本毋庸置疑。”

“我明白。但是很多人听从他们的意见，我们也该听听他们怎么说。”

“他们是危及城市安全的敌人。”

“好吧。但要击败敌人，必须先了解他们。我要参加，因为这是他们第一次公开现身说法。我想搞清楚自己面对何种情况。假使城市要渡桥，必须仰赖像我这样的人。若中止者有替代方案，我想听听看。若他们没有，我想确定。”

“我要往北。”我说。

杰斯摇摇头。我们又争论了一阵子，接着前往会议现场。

几英里以前，重建育幼园的工程便搁置了。在那之前，受损的范围已经清理干净，露出城市大片金属地基，三面无墙，直接对着城外野地。空地北侧，也就是连接城市其他区域的地方，重建得比较完整，地面较高，方便演讲者对群众发言，木材表面也刚好成为发言者的舞台背景。

杰斯和我从最近的建筑走出，穿过空地，那里已经聚集了许多人。我很惊讶，竟然有这么多人参加；造桥工程占据了城里多数人力，现场竟然至少还有三四百人。总还有人没来参加吧？桥上的工人、领航员，几个心高气傲的公会成员？

那时已经有人在发言了，众人静静倾听，没有太多反应。演讲者（我认得，是其中一名食物合成管理员）的发言内容主要是在说明城市目前经过地区的环境。

“……土壤肥沃，我们很有机会能种植自己的作物。水源充足，这附近和北边都是。”听众大笑。“气候温和。当地居民和平，我们也没必要激起他们的敌意——”

几分钟后，他语罢下台，掌声零落。没有开场白，下一位讲者直接上前。是维多利亚。

“城市的人民啊，我们正面临领航员委员会为我们带来的另一个危机。几千英里以来，我们跨越这片土地，为了生存，沉溺于各种不人道的行为。我们的生存方式便是不停前进向北。在我们身后——”她手臂挥舞，划向空地南方的广袤野地，“——我们以这种存在方式前进至今。在我们面前，他们说有一条河，说我们必须渡河才能生存。河的前方还有什么？他们却不说，因为他们也不晓得。”

维多利亚讲了许久。我承认，从她开口以来，我就怀抱着偏见。这些在我听来都是些廉价的话术，但听众似乎颇为认同。或许我不如自己所想的那么无动于衷。她谈及造桥工程、指控令许多人丧命时，我忍不住向前抗议。杰斯抓住我的手臂。

“赫伍德——别这么做。”

“她在胡说啊！”我说。不过，现场有些听众已喊出声，驳斥那只是传言。维多利亚干脆地收回，但又补充说，造桥工地一定还隐瞒了其他事情，不少人同意。

维多利亚发言的结论出乎意料。

“我主张，造桥不仅没有必要，而且相当危险，并且有专家支持我的意见。在座各位中有许多人知道，我父亲是造桥公会会长。他是那座桥梁的设计师。我请求各位倾听他的发言。”

“天哪，她不能这么做！”我说。

杰斯说：“勒鲁不是中止者。”

“我知道。但他已经失去信念了。”

造桥师勒鲁已经站在台上。他站在女儿身旁，等候掌声结束。

他并没有直视听众，而是低头看着地板。他看起来如此疲惫、衰老，如此挫败。

“走吧，杰斯。我不愿看着他被羞辱。”

杰斯迟疑地看着我。勒鲁正准备发言。

我推挤着穿过群众，打算在他开始说话前离开。我渐渐开始尊敬勒鲁，不想目睹他承认挫败。

向前走了几码，我又停下脚步。

我认出站在维多利亚与她父亲身后的另一个人。一时之间，我想不起那张脸的名字——然后记忆浮现。那是伊丽莎白·康恩。

再次见到她，令我大为惊诧。她离开后，已经过了很多英里：以城里时间算，只过了十八英里，以我的主观时间算，过了更久更久。她离开后，我试着不再去想她。

勒鲁开始向群众发言。他的声音微弱，我没听清楚他确切说了什么。

我瞪着伊丽莎白。我知道她为何站在那里。勒鲁令自己出丑之后，就要换她发言。我已经知道她会说什么。

我又开始向前移动，手臂却很快被抓住。是杰斯。

“你在做什么？”他问道。

“那个女孩，”我说，“我认识她，她是从城外来的，我们绝对不能让她发言。”

听众要我们保持安静。我想要挣脱，但杰斯把我向后拉。

周围瞬间爆出掌声，我才发现勒鲁讲完了。

我对杰斯说：“听着，你一定得帮我。你不知道那女孩是谁！”

我从眼角看到布雷恩朝我们走来。

“赫伍德，你看到那是谁了吗？”

"布雷恩！该死的，快点帮我！"

我再次试着挣脱，杰斯用力抓住我。布雷恩很快地过来抓住我另一只手。他们俩一起把我向后拉，拖至金属地基的边缘，远离群众。

"赫伍德，听着，"杰斯说，"留在这里，听听她有什么好说。"

"我知道她要说什么！"

"那就让其他人也听听。"

维多利亚走上前。

"城市的人民啊，我们还有另一位演讲者要发言。我们中的多数人不认识她，因为她来自城外。但是她带来的信息非常重要，等她说完，各位肯定知道我们必须怎么做。"

她举起手，伊丽莎白走上前。

伊丽莎白的声音轻柔，但全场都听得清清楚楚。

"我对诸位而言是陌生人，"她说，"因为我并非生于城市的城墙之内。然而，我们系出同源：我们都是人类，身处名为地球的行星。各位已经在城市里生存了将近两百年，以各位的单位而言，总共是七千多英里。各位周遭所见皆是无政府的混乱与倾颓废墟。人民无知，未受教育，深陷贫穷之中。但是世界并非都处于这个状态。我来自英国，我的国家正在试着重建文明。世界上还有其他国家，比英国更辽阔、强大。诸位的城市并非世界上唯一稳定、具有组织的地方。"

她稍作停顿，观察群众的反应。台下沉默。

"我意外来到各位的城市，并在转移营舍居住了一段时间。"有些人惊讶以对，"我和某些人交谈过，我了解各位的行事规则。

接着，我离开城市回到英国。我在那里待了将近六个月，试图理解各位的城市与其历史。我现在知道的比第一次造访时更多了。”

她再次停顿。一名男性听众大喊：“英国在地球上啊！”

伊丽莎白没有回应，反而说：“我想问各位一个问题。在座由谁负责城市的引擎呢？”

众人短暂沉默。接着，杰斯说：“我是牵引技师。”

众人转头看向我们。

“那么，请你告诉我们引擎的动力来源。”

“核反应炉。”

“说说你们怎么添加燃料。”

杰斯放开我，走到一旁。我感觉布雷恩抓着我的力道变轻了，可以挣脱。但我和其他听众一样，被这个古怪的问题吸引住了。

杰斯说：“我不知道，我从来没见过怎么做。”

“那么，你们决定停止城市之前，一定要找出答案。”

伊丽莎白向后退，悄悄地与维多利亚交谈。一会儿后，她再次上前。

“各位所说的反应炉根本不是这么一回事。你们称为牵引技师的人根本不知道他们其实误导了所有人。核反应炉并没有在运作，已经停止运作数千英里了。”

布雷恩向杰斯问道：“如何？”

“她在胡言乱语。”

“那你知道燃料从何而来吗？”

“不知道，”杰斯悄声地说，不过我们周围仍有许多人侧耳倾听，“我们公会认为它可以永远自行运作下去。”

“你们的反应炉不是那么一回事。”伊丽莎白重复道。

我说：“别听她胡说，城里有电力，不就证明反应炉在运作吗？不然动力从哪儿来？”

伊丽莎白在台上说：“请听我说。”

伊丽莎白说，她要向我们说明德斯汀的事。我和其他人一起听。

弗朗西斯·德斯汀是个粒子物理学家，他在行星地球上名为“不列颠”的地方生活与工作。他所在的时期，地球电力严重短缺。伊丽莎白解释原因，主要是以往发电的方式：燃烧石化燃料产生热能，再将热能转换为电能。石化燃料耗竭时，就无法发电了。伊丽莎白说，德斯汀声称研发出了不需任何燃料就能永不耗竭的发电方式。多数科学家都对他的研究嗤之以鼻。最后，石化燃料能源耗竭，行星地球进入了现在称为“大崩坏”的时期。在这段漫长时期内，所有过去主导地球发展的先进科技文明都终结了。

她说，地球民众正要开始重建，而且德斯汀的研究相当关键。他研发的原始发电方法既粗陋又危险，但现在科学家已经成功改良，能更精准控制，顺利运作。

“这和让城市停下有什么关系？”有人喊道。

伊丽莎白说：“听我说。”

德斯汀的研究发现，若把一个能制造人工能量场的发电机和另一个类似的能量场并置，可令电力流动。批评他的人都说，并置两台发电机，而且消耗的电力大过于产生的电力，这种方法完全不具实用意义。

德斯汀无法获得资金或学术资源继续研究。后来，即使他宣称找到了天然的能量场（他称为“转侧空间”），因此不用第二台发电机就能产生他所说的效应时，还是没有人关注他的研究。

伊丽莎白说，德斯汀宣称天然转侧空间的能量会以一个大圆的路线，缓慢地流过地球表面。

最后德斯汀终于设法找到赞助人，打造了一个行动研究站，雇用大量助手，出发前往中国南部的广东省。他声称那里存在着天然的转侧空间。

伊丽莎白说："德斯汀从此音讯全无。"

伊丽莎白说，我们就在行星地球上，我们未曾离开过地球。

她说，我们所处的世界就是行星地球，只是我们的感知受到转侧发电机的扭曲；转侧发电机只要不停前进就能自行发电，持续在我们周围产生能量场。

她说，德斯汀不顾其他科学家的警告，忽略转侧发电机的副作用：可能永久影响人类感知，并影响基因，造成遗传上的影响。

她说，转侧空间仍存在于地球，后来人类又找到许多个。

她说，我们的发电机持续从德斯汀在中国发现的转侧空间撷取能量。

沿着大圆，发电机穿过亚洲，旅经欧洲。

现在我们位于欧洲的边缘，横挡眼前的是宽达数千英里的海洋。

她继续说……民众继续倾听……

伊丽莎白讲完了。杰斯缓缓穿过群众走向她。

我回头朝城市入口前进。我离台上仅有数英尺时，伊丽莎白注意到了我。

她大喊："赫伍德！"

我没有回应，推开群众，走进城里。我走下阶梯，行经城市底下的隧道，步入阳光。

我向北前进，穿过轨道与缆绳。

4

半小时后，我听见后方马蹄声，转头。伊丽莎白追上我了。

“你要做什么？”她问道。

“回到桥那边。”

“别去，不需要了。牵引公会已经关掉发电机了。”

我向上指着太阳：“所以这是球体。”

“对。”

我继续向前走。

伊丽莎白重复她先前说的话。她求我明辨事理。她不停地说只有我对世界的感知是扭曲的。

我保持沉默。

她没有往下走过，没有离开城市南北超过数英里，我目睹世界的真相时，她不在我身边。

令露西亚、罗莎莉欧和卡特琳娜身体变形的，难道是我的认知吗？我们曾经身体交缠，彼此缠绵，我很清楚感知真正的影响。令婴儿排拒罗莎莉欧的母乳的，难道是婴儿的认知吗？女孩们身体变形，使身上衣服裂开，难道也是因为我的认知吗？

“之前在城里时，为什么不告诉我你刚刚讲的事情？”我问道。

“因为我之前不知道。我得回到英国。你知道吗？英国没有人在乎。我试着找人帮助你和你们的城市，任何人都好——但没有人关心。现在有许多重大、令人兴奋的事情在世界发生，没有人在意一座城市或城市里的居民。”

“你回来了。”我说。

“我亲眼见识了你的城市，我知道你和其他人打算做什么。我一定得找出更多关于德斯汀的事，总得有人向我说明转侧发电的原理。现在这已经是平凡无奇的日常科技了，但我不懂得背后原理。”

“显然如此。”我说。

“什么意思？”

“假使发电机关闭了，照你所说，就再也没有问题啦，我只消继续看着太阳，告诉自己它是球体，无论它实际形状如何。”

“但那只是你的感知。”她说。

“就我的感知，我觉得你错了。我知道自己看见了什么。”

“可是你并不知道。”

几分钟后，一大群人经过我们，向南朝城市前进。他们多数都带着先前带去工地的行李。没有人停下来与我们打招呼。

我加快脚步，想摆脱伊丽莎白。她牵着马跟在后头。

造桥工地已然废弃。我沿着河岸往下走，走向黄色、松软的土，走到桥面上。下方的水清澈无波，但波浪仍拍打着我后方的河岸。

我回头看。伊丽莎白与马站在河岸，望着我。我盯着她几秒钟，接着弯身脱下靴子。我越走越远，走到桥面的尽头。

我望向太阳，正要朝东北方地平线沉下。独树一帜的美。一个谜一样、优雅的形状，远比单调的球体美多了，更令人心生向往。我唯一的遗憾是从来无法把它完美地画下来。

我从桥面头朝下跳入水中。水很冷，但不令人难受。我浮出水面时，一道波浪随即将我向后推，我抵着最近的桥桩，踢水挣脱。我坚定、大力地滑水，游向北方。

我好奇伊丽莎白是不是还看着我，于是漂在水面，往回望。她从棱脊缓缓骑着马，沿着桥不平的表面前进。抵达边缘时，她停住了。

她坐在马鞍上，看向我。

我继续踢水，等着看她会不会再试图朝我前进。太阳照得她一身灿烂金黄，与她背后深蓝色的天空互相辉映。

我转头，再望向北。太阳要落下了，圆盘将要从视野消失。我等到北侧的光芒也没入地平线之下。夜幕降临时，我才往回游，穿过碎波回到沙滩。